ベリーズ文庫

スパダリ職業男子
～消防士・ドクター編～
【ベリーズ文庫溺愛アンソロジー】

JN032100

STARTS
スターツ出版株式会社

目次

冷徹ドクターと身代わり契約婚
～姉の恋人になぜか溺愛されて身籠りました～

愛しのプラトニック・オレンジ
〜エリート消防官の彼と溺甘同居中〜

伊月ジュイ

プロローグ

自宅の一階、風呂場の隣にある脱衣所にて。濡れた素肌にバスタオルを巻いて、髪から雫《しずく》を滴らせながら、私――乙花《おとはな》真誉《まほろ》は呆然《ぼうぜん》と棚の上を見つめていた。

置いてあるはずの着替えがない。

というか、持ってきていないのだからあるはずがない。

問題は、どうして着替えを持たずにお風呂に入ってしまったのか、ということだ。

「……忘れるにもほどがあるでしょう、過去の私……」

三十分前の自分に向かって詰問する。私はいったい何をしていた？

「確か、ちょうど連絡が来て……」

ジムで汗を流していた彼から【もうすぐ帰る】というチャットメッセージが届いた。

それに対し、【了解です】とパンダのスタンプを押して返信。

携帯端末を操作しながら、ふらふらと一階の廊下を歩いていたのを覚えている。

「って、そのままお風呂に来て、入っちゃったのね……」

とんだおとぼけミスをしてしまった。バスタオルが脱衣所に置いてあったのが不幸中の幸いだ。

「どうしよう」

バスタオルを巻いたまま、二階にある自室まで取りに行けば済む話ではある。ひとり暮らしならばタオル一枚でも躊躇《ちゅうちょ》なく廊下を歩くだろう。

とはいえ、家に彼がいる以上、そうはいかない。

「もう帰ってきてるかな？」

脱衣所のドアを少しだけ開けて、ちらりと外をうかがう。リビングは暗いまま、人《ひと》気《け》はない。

「まだ帰ってきていないのかも？」

これはチャンスだ。彼が戻ってくる前に自室に辿《たど》り着けばいい。

「よしっ」

意を決して脱衣所を出た私は、巻き付けたタオルを胸もとでしっかりと押さえながら、急いで、でも慎重に階段へ向かった。音を立てないように抜き足差し足するのは、こんな格好で家の中を歩くやましさを感じているからかもしれない。

自室は階段を上がってすぐ左にある。そうっと階段を上っていき、残り三段。

彼に見つからずに済んだ、そう安《あん》堵《ど》しかけたとき——。

自室とは反対側にある部屋から背の高い男性が現れたものだから、私は驚いて

「ひゃああっ！」と悲鳴をあげた。

慌ててうしろに飛びのく。しかし、背後は階段で――。

「真誉！」

彼が咄嗟《とっさ》に身を乗り出し、私の腕を掴《つか》む。

ふたりして階段から真っ逆さまになるところを、彼がすかさず手すりに掴まり、なんとか踏みとどまった。まさに間一髪というやつだ。ふたり分の体重がかかり、手すりがギッと軋《きし》むような音を立てる。

「大丈夫か⁉」

強い力で引き上げられ、彼の腕の中へ。その瞬間、バスタオルがはらりとはだけ、床へ舞い落ちた。

「だ、だい、じょう、ぶっ……！」

助けてもらえたことを喜ぶべきか。一糸纏《まと》わぬ姿で彼の腕の中にいることを嘆くべきか。

「危なかったな……」

「真誉？」

私を抱き支えながら、彼が安堵したように呟《つぶや》く。

「腕、強く引っ張ったけど痛めてないか？」

体はしっかり心配してくれるけど、裸についてはノーコメント。

ちょっとくらい戸惑ってくれてもいいのに。何も感じていないと伝わってくるのが余計につらい。

「ご、ごめんなさい！　北斗《ほくと》さんこそ大丈夫だった？　怪我はない？」

「俺は大丈夫だ。こっちこそ驚かせてすまない」

そう言って、一応私の体を見ないように目を逸らしながら、落ちたタオルを拾い上げる。私はタオルを受け取って、すぐさま体に巻き直した。

バスタオル一枚の私を前にしてもなんの動揺もしない冷静な彼は、同居人の吉柳《きりゅう》北斗さん。二十四歳の私より六つ年上の三十歳だ。

彼の職業は消防官。その中でも特別救助隊――レスキュー隊に所属している。難関といわれる選抜試験を突破し、過酷な研修を経た者だけが入隊できるエリート部隊だ。

鍛え上げられた体は、今のようなアクロバティックな動きも余裕でこなせる。

身長は一八五センチと大きめ。捲《まく》り上げられた袖から覗《のぞ》くシャープでがっしりとした前腕筋が頼もしい。

「あ、あのね！　これには訳があって――」

「ああ……まあ、下着を持っていき忘れた、とかだろ？」

まさにそれ、と私はこくこく頷《うなず》く。

「真誉は家族みたいなものだし、タオル一枚で歩いていようが何を思うわけでもないんだが……」

と彼は前置きし、少々呆《あき》れた顔で頬をかく。

「そんなに恥ずかしそうにするくらいなら、風呂に入る前に着ていたシャツだけでも羽織って出てきたらどうだ？」

鋭い指摘に愕然《がくぜん》として立ち尽くす。脱いだ服をそのまま着てくればよかったんだ……そんな単純なことにも気づかないくらい動転していた。

彼は「風邪引かないようにな」とだけ優しく言い置いて、階段を下りていった。

私はたまらず両手で顔を覆い、しゃがみ込む。

「あぁー……」

恥ずかしいが振り切って泣きそうだ。裸、見られたかな？　大事な部分は見られてないよね？　そう願うしかない。

私はこんなに恥ずかしいのに、彼はなんにも感じていないのが、なおのこと切ない。

『真誉は家族みたいなものだし——』

彼の言葉が頭の中で繰り返される。

『何を思うわけでもないんだが』

「何かちょっとくらい思ってよー……」

私たちは他人同士で、血が繋《つな》がっているわけでもないのに。欠片《かけら》もドキドキしないってことは、女性としての魅力がゼロと言われているようなものだ。

そりゃあ一緒に暮らし始めて、四年も経つんだもの。妹のように面倒を見てきた私に、今さらドキドキもないのだろうけれど。

「一応、腕の中に裸の女がいたんですけどー……」

一緒に暮らし始めた二十歳の頃と比べて、四年経った今はそこそこ大人の女性に成長したつもりでいた。

たしかにそこまで胸は大きくないし、色気も万年お留守だし……って、そういうことではないのだ、きっと。

「まあ、紳士的な人だから、お兄ちゃんは彼に私を預けたのよね……?」

北斗さんは兄の親友であり、私たち兄妹の幼馴染《おさななじみ》。物心ついたときにはすでに彼がいて、私にとっては第二の兄のような存在だ。

当初この一軒家には、私と兄と母の三人が暮らしていた。幼い頃に両親が離婚して以来、父親とは会っていない。母は女手ひとつで私たち兄妹を育ててくれたが、そんな母も私が専門学校に進学してすぐ事故で帰らぬ人となった。

それからは兄とふたりで暮らしていたけれど、二年後、立て続けに兄が亡くなり、私はひとりきりになってしまった。

孤独に押し潰されそうになっていた私を見かねて、手を差し伸べてくれたのが彼、北斗さんだ。今では兄の代わりに私を支えてくれている。

……他人同士ではあるけれど、兄妹みたいな関係だものね。

私たちのあいだには恋愛の『れ』の字も存在しない。超健全な『家族』なのだ。

『家族』以上、『恋人』未満

翌朝六時五十分。リビングに食欲をそそる香りが広がる。

グリルを引き出して、鮭《さけ》の焼き具合を確認。表面にパリッと焦げ目がついていて、中はふわふわ。オレンジ色の身の上で油が跳ね、じゅうじゅうと音を立てている。

「うん。いい感じ」

出来栄えに満足して、ふうっと息をついたところで――。

「おはよう。今朝も豪華だな」

突然背後から話しかけられ、私は「ひゃっ」と飛び上がる。

慌てて振り向くと、Tシャツにイージーパンツを穿《は》いた部屋着姿の彼が立っていた。

「大丈夫か？　また転ぶなよ？」

昨夜の一件が頭をよぎったのか、私の腰を支えてくれる。

そしてやっぱり今日も彼は私を意識してくれない。

不満というわけではないけれど、腰に触れる大きな手にそわそわしてしまう自分が憎らしい。

を当てた。

「大丈夫だよ、平地で転んだりしないから。昨日のは……わ、忘れて！」

なんとか苦し紛れにお願いすると、彼は苦笑しながら「わかったよ」と後頭部に手を当てた。

起き抜けのせいか、目もとがちょっぴり気だるい。髪は普段よりエアリーで、それはそれで様になっている。もとがいいので、どんな髪型だって似合ってしまう。

「真誉は仕事、休みなんだろう？　朝早く付き合ってもらって悪いな」

低く伸びやかで、どこか甘みの感じられる声。逞《たくま》しい体格とは裏腹に、口調も顔立ちも中性的で繊細な美しさを宿している。

幼い頃から近くにいるから、客観的な評価はできないけれど、私の目から見ても彼はかなり格好いい。兄が『あいつはやばいくらいモテる』と力説しているのを聞いたことがある。

兄だって明るくてスポーツ万能で、女子から人気があったのに、学校では北斗さんとは比べものにならなかったそうだ。

「好きでやっていることだから気にしないで。それに、今日はこれから店に顔を出す予定なの」

四年制の栄養専門学校に通っていた私は、卒業後、友人とともにカフェを開いた。

管理栄養士の資格をフル活用し、健康や美容をコンセプトにしたナチュラルカフェを経営している。

私は主に接客やメニューの開発、アルバイト社員の教育などの実務を担当していて、オーナー業務や経理などの事務作業は友人にお任せしている。

今日は定休日だが、お客様がいないからこそできる仕事があるのだ。

「秋の新作メニューの打ち合わせがあって」

「休日も仕事か？　ご苦労様」

「それこそ好きでやっている仕事だから、オンもオフも関係ないよ。北斗さんがジムで体を鍛えているのと同じ感覚だと思う」

「そう言われると、素直に応援するしかなくなるな」

彼はレスキュー隊員。日々過酷な訓練を積み、事故や災害が起きれば現場へ急行する。体が資本の彼にとって、ジム通いは趣味であり仕事のためでもあるのだ。

私はにっこりと笑いかけ、料理をダイニングテーブルに運ぶ。並んだ食事に、彼は感嘆の声をあげた。

「毎日こんなに準備するの、大変だろう。もっと簡単なものでいいんだぞ？」

朝食のメニューは焼き鮭、納豆オムレツ、ほうれん草としらすのみぞれ和え、きのこたっぷりつみれ汁、白米。

魚や納豆、卵など高たんぱくな食材に加え、ビタミンや食物繊維が豊富な野菜、体調管理をサポートしてくれる発酵食品、今日も一日頑張れるように炭水化物も白米でしっかり摂ってもらう。さらに消化吸収を助ける大根おろしも入れて胃腸を労わるのも忘れない。

「手を抜いて怪我でもされたら、後悔してもしきれないから。北斗さんにはしっかり食べてしっかり体を鍛えてもらわなくっちゃ」

私が応援できることといえば、食事を作るくらい。

ちらりと彼を見上げると、甘い笑みが降ってきた。

「ありがとう、真誉。面倒を見ると言っておきながら、俺のほうが支えられてるな」

そう言ってダイニングテーブルに座り、いただきますと手を合わせる。

少しでも支えられていたら嬉《うれ》しい。私の作った食事が血となり肉となり、彼の力になってくれますように。祈るような気持ちで、私も正面の席に腰を下ろした。

彼はオムレツをぱくり。意外な味だったのか、目を瞬かせる。

「このオムレツ、いつもと違う？ 納豆以外に何か入ってる？」

「少しだけシソと鰹節《かつおぶし》を入れてみたの。夏だからさっぱりさせようと思って。あ、みぞれ和えを載せて味変してもおいしいよ」

「さすが。手が込んでるな」

そうベタ褒めして、今度は和え物とともにぱくり。表情で満足度が伝わってきた。

「真誉はいいお嫁さんになるだろうな。素直だし、かわいいし、料理は上手だし」

最大級の賛辞をもらい、思わず「ふふっ」と声をあげた。

同時に胸がちくりと痛む。友人でもない、恋人でもない、兄妹でもない、不思議な関係の私たち。私をお嫁さんにしてくれるのは、きっと北斗さんではないだろう。

ちらりと彼を見つめて、きゅっと唇を引き結ぶ。

それでいいのだ。どんなに彼が素敵でも、格好よくても、好きだったとしても、恋愛できない理由がある。

「よーく、かんで食べてね」

朝から食欲旺盛な彼を笑顔で見守って、目の前にある儚《はかな》くて穏やかな幸せをかみしめた。

三十分後。身支度を整えた彼が部屋から出てきた。

筋肉質な肉体を上質なブラックスーツにくるみ、バーガンディの上品なネクタイを締めている。髪は軽く整えられ、表情はキリッと引き締まり、起き抜けとは別人のように凛々《りり》しく雄々しい。

こうしてみると、デキるサラリーマンにしか見えないのだが、仕事場に着いたらオレンジ色の救助服に身を包み、人々を守るため身を粉にして働く。

「いってきます」

「いってらっしゃい。気をつけてね」

頼もしい笑みを浮かべて、玄関を出ていく。

私はリビングの隣にある畳敷きの居間に向かい、仏壇の前に膝をついて手を合わせた。

「お兄ちゃん。今日も北斗さんを守ってあげてね」

仏壇にはふたり分の遺影。ひとりは母。もうひとりは、オレンジ色の救助服を着て、腕を組んで仁王立ちする兄――乙花遊真《ゆうま》。

この写真はレスキュー隊配属初日に広報誌で使うために撮られたものだそうだ。兄が亡くなったときに、署の方がご厚意でくれた。

無邪気に、だがどこか誇らしげな笑顔でこちらを見つめている。消防官の憧れ、エリートと呼ばれるレスキュー隊になれて嬉しかったのだろう。

だが配属から一年後。私が二十歳、兄が二十六歳のときに帰らぬ人となった。救助活動中の事故だった。

兄は要救助者を命がけで助け、亡くなったそうだ。心優しく勇気のある消防官の鑑《かがみ》だったと、兄の所属する隊の隊長が言っていた。

「人の命を救う、立派な職業よね。お兄ちゃんも、北斗さんも」

同じ歳で、同じ目標に向かっていたふたり。北斗さんも選抜試験に合格し、別の署のレスキュー隊に配属された。順調にキャリアを積み上げ、今年から消防司令補――隊を率いる立場に就いている。

「本当に、誇らしい……」

なのに複雑な気持ちになってしまうのはなぜか。この感情は兄が亡くなって四年近く経つ今も拭えない。

「と、いけない。出かける準備をしなくちゃ」

ネガティブな感情を振り払い、私は立ち上がった。

消防官という仕事は、兄にとっても北斗さんにとっても、命をかける価値のある仕事。だから私もできる限り力になりたい。

学生時代、管理栄養士の資格を取ろうと思ったのは、消防官になった兄を健康面で支えたかったからだ。

兄がいなくなってしまった今、ささやかながら北斗さんを支えたい。

二度とあんな悲しい思いをしなくて済みますようにと祈りを込めた。

ひと通り家事を済ませたあと、軽くメイクをして、白いブラウスとブラックデニムに着替えた。仕事中はこの格好と決めている。動きやすさときちんと感重視だ。

胸まである髪をサイドで編み込みハーフアップにして、さらにうしろで束ね気合いを入れる。

肩掛けのトートバッグには、財布やポーチ、携帯端末のほかに、新作のレシピを書き込んだノートが入っている。

玄関で白いスニーカーを履き、シューズラックに備え付けられている全身鏡で身だしなみをチェック。

「よし、オーケー」

身長一六〇センチ、体型はごく普通。仕事を始めてからは、体重が増減しないように気をつけている。自分が考案した美ボディレシピの説得力がなくなってしまうから。

美肌を謳《うた》ったメニューもあるから、お肌のコンディションにも気を配っている。

ちなみに、太めの眉にちょこんとした目、口角の上がった口は、よくイタチ顔とかタヌキ顔と言われる。褒められているのかどうかは微妙だけど、女性に好かれる顔だね、と友達に言われたときは嬉しかった。

同性に好いてもらえるなら十分だ。異性――北斗さんには、全然響かないみたいだけれど……昨夜の出来事が脳裏をよぎり、ぶんぶんと首を横に振った。

「いってきます」

仏壇の兄に向かって大きな声で挨拶して家を出た。

家から徒歩二十分の、駅から少し離れた商業地区。雑居ビルの三階に私たちの経営するカフェがある。

ナチュラルカフェ『グリーン＊Glee《グリー》』。健康で美しい体作りをモットーに、栄養や美容に着目したメニューを提供している。

同ビルの四階から六階には北斗さんも通うスポーツジムが入っていて、ジム帰りに寄ってくれるお客様も多い。筋トレ後に最適な高たんぱくメニューや、ダイエット中に不足しがちな栄養素を補うビタミンたっぷりローカロリーメニューは好評だ。

内装はウッド調のシンプルモダン。心と体のくつろぎをテーマに考えたこだわりの空間だ。

「お疲れ様ー」

今日は上階のジムのお休みに合わせて定休日なので、お客様は誰もいない。

ガラスドアを開けて店に入ると、中央にある四人掛けの木製テーブルで、友人がノートパソコンの画面とにらめっこしていた。

横には帳簿と電卓。経理業務をしていたのだろう。

「お疲れ、真誉ー」

パソコン作業用の黒縁眼鏡を外し、彼女が顔を上げる。

桜庭《さくらば》優多《うた》、二十八歳。大学の経営学部を卒業してから栄養専門学校に入学したので、私より四つ年上。栄養学だけじゃなく経営にも詳しい頼れるお姉さんだ。

黒い艶やかな髪をポニーテールにして、夏らしいボタニカル柄のトップスとホワイトのワイドパンツを穿いている。

美人でスタイルもよく知的。サバサバしていてなんでもはっきり口にする性格は、私とは正反対かもしれない。

「先月も売上は上々よ。素材にこだわりが強い分、大儲けとはいかないけど、経営を続けるには充分な稼ぎが上げられてる」

優多さんは椅子を引いて悠然と脚を組み、ニッと誇らしげな笑みを浮かべる。

「よかった。無事軌道に乗れたみたいだね」

在学中から開店準備を始め、卒業して半年で開業。開いて間もないうちはお客様が少なかったけれど、食材や盛り付け方にもこだわって宣伝したおかげで、SNSで火がついた。

今では近隣の方はもちろん、遠方から来てくれるお客様や、隣町から通ってくれるリピーターさんもいる。

「当初はクオリティを落として値段を下げるかって案も出てたけど、そうしなくてよかったわ。今この店を支えてくれているのは、クオリティに満足してくれた根強いリピーターだもの」

「新作も頑張らないと。お客様が期待してくれてるし」

私はトートバッグからノートを取り出し、新作のできあがりイメージとレシピの載ったページを開いた。さっそく打ち合わせ開始だ。

「秋といっても九月は残暑が厳しそうだから、夏の疲れに立ち向かうってコンセプトはどうだろう? ビタミン重視メニューはさっぱりめに仕立てて、高たんぱくメニューは秋らしい魚介を加えて――」

ノートを見せると、彼女は満足したように口角をニッと引き上げた。

「さっすが真誉。これとこれ、第一候補でいこう。見た目も鮮やかだし、SNS受けもよさそう」

満足してもらえたようで、私はホッと安堵する。

「さっそく作ってみるね」

スタッフルームからエプロンを取ってきてキッチンに立つと、優多さんが「ところでさあ」と声をあげた。

「真誉がメニューを考えるときはやっぱり『北斗さんに食べさせてあげたいな♪』とか思って考えるわけ？」

調理道具を準備する手が止まる。振り向くと優多さんがにやにや顔でこちらを見つめていた。

「やだなあ、優多さん。北斗さんとはそういう関係じゃないってば」

「ずっと一緒に暮らしてるのに？　あんなに格好いい男の何が不満だっていうのよ」

カフェのオープン前はよく我が家で打ち合わせをしていたから、優多さんは北斗さんと面識がある。彼を見るたびに『今日も男前ね』と目の保養にしていた。がっしりとした男らしい体格が好みにドンピシャなのだそう。

けれど私に気を遣ってか、北斗さん相手にぐいぐいモーションをかけることはしなかった。彼女いわく『一時的な恋より、永遠に続く友情が大事』だそう。私を選んでくれたのだとしたらちょっと嬉しい。

でも、彼とはそういう関係じゃないから気にしなくていいって言ってるのに。

「北斗さんは素敵だけど、家族だから。私を妹みたいに思ってくれてるのよ？」

一緒に暮らそうと提案してきたのは北斗さんのほうだ。

兄が亡くなった当時、私は二十歳で学生。

伯母は学生のあいだだけでも我が家に身を寄せないかと聞いてくれたけれど、伯母一家とそこまで親しくもなかったから、世話になるのはばかられ断った。よく知らない家族の中に入っていくのも不安だったのだ。

学生とはいえもう二十歳、ひとりで生きられない歳じゃない。ちょっぴり心細かったけれど、ひとりで暮らす選択をした。

けれど実際は、母に続けて兄まで亡くし憔悴《しょうすい》しきっていて、ひとりで前向きに生きていこうなんて思える精神状態じゃなかった。

管理栄養士になるという夢も兄の力になりたかったからこそ。兄を失ったことで目標まで見失い、何を目指して生きればいいのかわからなくなってしまった。

北斗さんから『一緒に暮らそう』と提案されたのは、そんなときだ。

彼は兄から何かあったら妹を頼むと任されていたそうで、『俺が遊真の代わりになる』と言ってくれた。俺のために料理を作ってほしいと、暗闇の中にいた私に目標を与えてくれた。

彼は第二の兄のような存在。幼い頃から一緒にいたし、兄とふたり暮らししているあいだも頻繁に我が家に訪れ、三人で食事をしていた。

同居に抵抗はなく、むしろ心強いとすら思った。

そうして一緒に暮らし始めてもうすぐ四年が経つ。私は二十四歳になり、今は兄の死も受け止めている。

カフェの経営という新たな目標もできた。そろそろ自立を考えなくては。

「まだ社会人になったばかりだから一緒に暮らしているけど、生活が安定したら別々に暮らすようになると思う」

そう考えると少し寂しいけれど、彼だっていつまでも私の面倒を見ているわけにはいかないだろう。

「本当にそれでいいの？」

優多さんが腑《ふ》に落ちない顔で言う。

「もちろん。それに――」

私は北斗さんとの恋愛を考えられない一番の理由を説明する。

「もしも北斗さんとお付き合いすることになったら、私はきっとレスキュー隊を辞めてほしいって言っちゃうから」

怪我をするかもしれない、命を失うかもしれない——だって、兄がそうだったから。

愛する人がそんな危険な職業に就いていたら、私はつらくて耐えられそうにない。

「そういえば前に言ってたっけ。北斗さんがなかなか家に帰ってこないと、不安になるって」

同居を開始したばかりの頃、優多さんにそんな相談をしたっけ。

北斗さんの帰りが遅いと、何かあったんじゃないかと気が気じゃなくなってしまう。兄のことがあったから余計に神経質になっているのだと思う。

今でもそう。毎日仏壇に手を合わせて『お兄ちゃん、北斗さんを守ってあげて』と祈っている。

「でも、北斗さんは今の仕事を大事にしてるから。辞めてほしいなんて言って、困らせたくないの」

誇りを持って働いている彼に、今の仕事を辞めて安心安全な職業に就いてくださいなんて言えない。

「あんたなりに気を遣ってるのね」

納得してくれたのか、優多さんはため息を混じらせ頬杖をつく。

北斗さんとは一定の距離を保たなきゃ。彼の意志を尊重するためにも、自分が傷つかないためにも。

とはいえ、両親も兄もいなくなってしまった今、そばにいてくれるのは彼だけだ。

「……でも。このメニューを一番食べてもらいたいのは北斗さんかな」

キッチンに食材を並べながら呟くと、ホールから「ぷっ」という笑い声が聞こえてきた。

「ごめん、素直すぎて思わず笑っちゃった。まあ、今の真誉の原動力が北斗さんだっていうことは、よーくわかった」

「それは間違いない。でも言っておくけど、私、彼氏募集中だから」

「はあ？　なんで？」

「言ったでしょ？　北斗さんとお付き合いする気はないの。だから北斗さんや天国のお兄ちゃんを安心させるためにも、素敵な彼氏を作らないと」

まあ、今のところまったくアテはないのだけれど。

生まれてこの方、恋人がいた試しがない。高校は女子校だったし、専門学校も大半が女生徒だった。カフェスタッフもみんな女性。そもそも出会いがないのだ。

「オーケー。真誉と気が合いそうな男性がいたら紹介する」

「優しくて誠実な人がいいな。北斗さんくらい」

「それは無理かも。どんな男性も北斗さんと比較したらくすんで見えちゃうよ」

お互いくすくす笑い合う。

「まあ、そのうち巡り会えるんじゃないかな。素敵な男性に」

「相当な奇跡が起きないと無理ね」

「そんなこと言わないでよ」

おどけながら、私は作業台にまな板と包丁をセットする。

「よーし。まずはサラダ系からいこうかな」

頬をパンと叩《たた》き気分を入れ替える。

試作品作りは、カフェ業務の中で一番楽しい仕事だ。どんなお料理を作ればお客様が注文してくれるだろう、おいしいと言ってくれるだろう、そんな考えを巡らせながら手を動かす。

「北斗さんもおいしいって言ってくれるといいな」

そんなことを素直に呟きながら、瑞々しい野菜を手に取った。

この恋は心を引き裂く

九月一日。今日から秋メニュー第一弾が始まる。

秋とはいえ、気温は三十度を超えている。さっぱりしたメニューにして正解だった。

平日の昼。キッチンとホールをアルバイト社員が一名ずつ担当し、私はフレキシブルに動いてふたりのサポートに回る。

優多さんは基本的に事務作業だが、忙しい時間帯はキッチンを手伝ってくれるから心強い。

「お待たせしました。秋のワークアウト・ケアプレートです」

ワークアウトとはフィジカルトレーニングのこと。運動後、体をメンテナンスするのに効果的な栄養素をたっぷり詰め込んだワンプレートメニューを考案した。

メインは彩り豊かな緑黄色野菜や旬のきのこをたっぷり使用し、たんぱく質が豊富なさんまとカッテージチーズを和えた。ソースはすっきりした黒酢にほんのりガーリックをアクセントに加えている。

付け合わせには、サーモンとアボカドをごろごろ加えたロミロミサーモン風サラダ。

ビタミンやミネラルが含まれている玄米ご飯をプレートの端にちょこんと載せた。

注文してくれたのは三十歳前後の男性。ジム帰りによく寄ってくれる常連さんだ。

「新商品もおいしそうだね。メニューに成分表が載っているのが嬉しいなあ。上のトレーナーさんたちのあいだでも話題になってるよ」

上階にあるジムを指さしながら男性が言う。

「ありがとうございます。そう言っていただけて光栄です」

男性はプレートを綺麗《きれい》に平らげ「おいしかったよ。また食べに来るね」と笑顔で帰っていった。

まずはひとり、おいしいと感想をくれた。出だしが好調でうきうきする。

お昼の混雑する時間帯が過ぎ、テーブルが空き始めた頃。

「真誉。お疲れ様」

客として店にやってきたのは、シャツにジーンズというラフな格好の北斗さんだ。

そういえば今日は週休日、勤務はないと言っていた。

「北斗さん、いらっしゃい。来てくれたのね」

「新商品、今日からなんだろう？　頑張って考えていたみたいだから」

どうやら夜遅くまでノートにメモを取りながら悩んでいたのを見ていたらしい。

「後輩を連れてきたから、二名で頼む」

そう言って北斗さんが紹介してくれたのは、Tシャツにカーゴパンツ姿の短髪の青年。私とそう歳が変わらないように見える。

うしろから歩み出ると「はじめまして」と元気よく笑った。

「今年、レスキュー隊に配属されました、五十嵐亮一《いがらしりよういち》と申します」

両足をビシッと揃《そろ》えて今にも敬礼しそうな彼に、私も丁寧に頭を下げて応じる。

「はじめまして、乙花真誉と申します」

五十嵐さんは北斗さんより少しだけ背が低いけれど、筋肉は見るからにモリモリといった印象。北斗さんが俗に言う細マッチョだとしたら、彼は本格派マッチョだ。

「隊長には大変お世話になっております」

「こちらこそ！　北斗さんがお世話になっております」

ふたりのあいだに流れる堅苦しい空気を察したのか、北斗さんが私たちの肩を叩いた。

「挨拶はそれくらいにしておこう。五十嵐も腹が減っているんだろう？」

私は慌てて「お席にご案内しますね」と奥のボックス席にお連れする。

　ふたりの注文分は私が調理させてもらった。優多さんが気を利かせて「真誉も休憩取っちゃったら？」と言ってくれたので、私も席にご一緒させてもらって賄いランチを食べる。

「うっわー、これ真誉さんが作ったんですか⁉　栄養豊富な食材ばっかりだし、見た目も綺麗だし、最高じゃないですか！」

　五十嵐さんは秋の新メニューをとても気に入ってくれた様子。北斗さんも「うん。すごくおいしい」と柔らかな笑顔をくれる。

「隊長って、家で毎日こんなにおいしいご飯を作ってもらってるんですね。そりゃあ、あのスピードで壁を登れるわけだ」

　どうやらふたりは仲良く上階のジムを利用していた様子。ボルダリングでどちらが速く壁を登れるか競争してきたという。

「お前は筋肉をつけすぎなんだよ。体が重い分、動きが鈍るのは当然だろう」

「それを言わないでくださいよー、この筋肉が俺のアイデンティティなんですから」

「まあ、適材適所だ。その筋力が救助の現場で役立つときがくる」

　五十嵐さんは「ありがとうございます！」と満面の笑みを浮かべる。

　心から北斗さんを尊敬しているとわかり、私まで誇らしい気持ちになる。

「それにしても、こんなに素敵な彼女さんがいて隊長は幸せですね。俺も料理上手な彼女、欲しいなー」

ぽろりと漏れたひと言に、私と北斗さんは顔を見合わせる。

「いや、俺たちは別に付き合ってはいない」

「え、嘘《うそ》でしょう?」

よほど驚いたのか、五十嵐さんのフォークを持つ手が止まる。

「隊長、よく真誉さんのこと自慢してるじゃないですか。きっと署の職員全員、恋人だと思ってますよ? 吉柳隊長は料理上手な彼女とラブラブ同棲《どうせい》中で、付け入る隙もないって」

思わずカァッと赤面した。北斗さんは署のみなさんにいったいどんな説明をしているの?

普段はポーカーフェイスの北斗さんもさすがに参ったのか、手を口もとに当てて項垂れている。

あ、耳が真っ赤だ。ちょっとかわいい。

「まあ、好きに解釈してくれ。一応、こいつの名誉のために言っておくと、恋愛関係にはない」

隣でこくこく頷くと、五十嵐さんが怪訝《けげん》な目でこちらを覗き込んできた。

「ってことは、今、真誉さんはフリーですか？　もしかして立候補したら——」

「ダメだ。お前にはやらない」

あまりにも超スピードで一蹴され、五十嵐さんはズッコケる仕草をする。

「隊長、急にお父さんみたいに……！」

「俺は真誉を任されているからな。悪い虫は容赦なく追い払うぞ」

「悪い虫って！　俺、そんなにダメですか⁉　一応消防学校時代は期待の新人とか呼ばれて、レスキュー選抜試験でもかなりの好成績だったんですけど！」

「そもそも、消防官相手に嫁にやるつもりはない。こいつには安全で安定した職業の男と一緒になってもらいたいからな」

ドキリとしてうつむく。私が消防官という職業に抵抗を持っていると、彼が一番よく知っているのだ。

「まあ、たしかに危険な仕事ではありますけどね。でも、それを隊長が言うのは反則じゃありませんか？　機動部隊からもお声がかかってるんですよね？」

耳慣れない単語に私はきょとんと目を瞬く。

「機動部隊……？」

「ああ、ハイパーレスキューってご存じないですか？　大規模災害や高度な救出活動を専門とした部隊で、レスキュー隊の中でも選りすぐりの精鋭が集まるんです」

それって、今のレスキュー隊の仕事よりもさらに危険で難しいお仕事ってこと？

北斗さんは呆れたように腕を組み、五十嵐さんを見下ろした。

「そんな情報、どこで耳にしたんだ？」

「この前、本部に呼ばれてたでしょう？　きっと上からお声がかかったんだろうって、みんな噂《うわさ》してましたよ。隊長、めっちゃ優秀だから」

「……署のみんなの噂好きには困るな」

やれやれと言って腕を解く。否定しないところを見ると、きっと事実なのだろう。

「だからこそ俺は真誉とは付き合わないんだよ。信頼できる男を見つけて引き渡すまでが俺の役目だ」

そんなふうに考えていてくれたんだ……。

予想通りではあったけれど、彼の口から聞くとなんとなく寂しくて悲しい。

「なるほど、真誉さんの恋人に立候補するのは難しそうですね。バックに恐ろしいお父さんが控えてるので」

しょんぼりした顔で五十嵐さんが言う。私は苦笑しながら賄いランチを口に運んだ。

北斗さんが優秀なのは兄からも聞いていたけれど、精鋭部隊に選ばれるほどすごいなんて。

誇らしい反面、ぞわぞわと胸の奥に闇が広がる。きっと今以上に危険な事故や災害に立ち向かうことになるのだろう。

これから先も無事に帰ってきてくれるか——不安にならずにはいられない。

一週間が経ち、店の定休日がやってきた。北斗さんは非番で一日自宅待機だ。

「ちょっと付き合ってくれないか？」

北斗さんからそうお願いされ、私たちはキッチンに立った。

「スタミナのつくおいしい料理を教えてほしいんだ。隊員たちに振る舞いたい」

「お料理当番のこと？　それって、新人さんのお仕事じゃないの？」

兄から聞いたことがある。レスキュー隊含め、現場勤務の消防官は朝八時半から翌朝八時半までの二十四時間勤務。その間の食事は自分たちで賄うそうだ。

署によってはお弁当を持参したり注文で済ませたりもするそうだが、今北斗さんが勤めている署では自炊が主らしい。

「昔はな。だがこのご時世、若いメンバーだけに任せて、上がふんぞり返ってるわけにもいかないだろう。積極的に当番に加わるようにしているよ」

率先して若い子たちを手伝いにいくところが北斗さんらしい。

そんな彼だからこそ、慕われているのだと思う。

「と言っても、ほかの仕事の関係もあって免除してもらうことも多いけどな」

「この前会った五十嵐さんなら、『隊長は座っててください』とか言いそうだものね」

「ああ、よく言われる。まあ、当の五十嵐が曲者《くせもの》なんだけどな」

唸《うな》り始めた北斗さんを見て、私も眉をひそめる。

「曲者……？」

「レパートリーが少ないんだ。若い隊員は料理に慣れていないし、とくに五十嵐は以前勤務していた署で料理の習慣がなかったらしくて、苦戦してる」

なるほど、と私は苦笑した。若いメンバーが調理を担当するってことは、二十代前半、中には十代もいるだろう。料理経験の少ない子たちも多いはず。

「それで北斗さん自らキッチンに立って、お料理を教えようとしているの？」

「そういうことだ」

それなら教えるメニューは間違いにくくて覚えやすいものがいいかもしれない。

私は腕を組んでうーんと首を捻る。お料理初心者でも簡単にできて、失敗しにくいメニューはないだろうか。

「それと麺類は避けたい。食事中に出場司令が出ると伸びてしまうから」

「じゃあ、ご飯ものね。それから、少し冷めてもおいしく食べられるもの」

そして、現場での活動やトレーニングでお腹をぺこぺこにした隊員たちに喜ばれるもの。

「料理初心者でも簡単に作れて、お肉もお野菜もたっぷり食べられるメニュー、考えてみよう」

私の指示のもと、彼が調理してくれる。北斗さんは新米消防士時代に当番をした経験があるせいか、それなりに料理ができる。包丁さばきも美しい。

初心者でも作れるように肉と野菜を大きめに切って炒めたあと、平たくよそったご飯の上に載せる。

「これだけでもおいしいけど、もうひと手間加えてみようかな」

具材とご飯を薄い玉子で包み、出汁の利いたあんをかける。

彼が感心するように目を見開いた。

「見た目は天津飯みたいだが、中は肉と野菜がごろごろしていて豪華だな」

「栄養も満点だよ。味付けやトッピングでアレンジすれば飽きも来にくいと思う」

できあがった料理をダイニングテーブルに運んで実食。

ジューシーな肉と厚みのある野菜がしっかり主張していて、あんかけがうまい具合に一体感を出してくれている。

北斗さんが目を閉じて味を確かめながら咀嚼《そしゃく》する。

「調理の仕方もシンプルで融通が利く。隊員たちも喜んでくれると思う」

「少しでも役に立てたならよかった」

「謙遜するな。真誉、ありがとう。助かった」

ワンプレートをそれぞれ綺麗に完食してご馳走様をする。

洗い物は北斗さんがしてくれるという。私は横に立って、お皿を拭く係だ。

泡のついたプレートを流しながら、彼が静かに語り始めた。

「正直、すごいなと思ったよ。突然無茶ぶりしたにもかかわらず、ぴったりのメニューを考えてくれるんだから」

「それが仕事だからね。この二年で、たくさんお料理を考えたんだよ？」

カフェのオープンにあたって、定番メニューはもちろん、季節ごとに限定メニューを考案し、お客様の要望にも耳を傾け、真摯に料理と向き合ってきた。その成果が出ているのだと思う。

「もう真誉は一人前なんだな。俺とは違う分野の、立派なプロフェッショナルだ」

とくんと鼓動が音を立てる。一人前だと認められたのが嬉しくて。

「誇らしいよ。遊真もきっと喜んでる」

「え？」

不意に出てきた兄の名前に驚く。

「たまに考えるんだ。いつか遊真に胸を張って会えるかなって。あいつの代わりにたくさんの要救助者を救えたかとか、真誉が一人前になるまでそばにいてやれたかとか」

「それって……」

北斗さんが天国で兄に会ったら……ってこと？

死を覚悟するような言い回しに、ざわりと胸に不安が広がった。

まさか、いつ命を落としてもいいようにだなんて思ってないよね？

「……まるで、死んじゃうみたいな言い方」

全身の血の気が引いた。北斗さんまでいなくなってしまったら、私はどうしたらいいのか。たとえ話だとわかっていても、目に涙が滲《にじ》んでしまう。

「っ、悪い、そういう意味じゃ――」

失言に気づいたのか、北斗さんが慌てて水道の水を止めた。

タオルで手を拭き、蒼白《そうはく》になった私の肩に手をかける。彼の手は水仕事で冷えていて、シャツ越しにひんやりとした感覚が伝わってきた。

「遊真に君を任されていたから。立派に成長してくれて、安心したって言いたかったんだ。まだまだ死ぬつもりはないよ」

わかってはいる。でも、彼は救助という仕事に文字通り命をかけている。そうならないという保証はない。

「言い方が悪かった。ごめん」

「北斗さん……」

私はおずおずと彼を見上げる。

「この前、五十嵐さんが言ってたよね。特別な部隊から呼ばれているって」

あれからその話題が出ることはないけれど、気になって少し調べてみた。

消防救助機動部隊、通称ハイパーレスキュー。レスキュー隊の中でもとくに救助困難な状況に立ち向かうために作られた精鋭部隊。救助のスペシャリスト集団だ。

現場で闘う消防官の中の、エリート中のエリートと言ってもいい。

大災害が起きれば全国、いや、全世界のどこへでも出場し、命のやり取りの最前線に立つ。もちろん、自身に降りかかる危険はこれまでの比じゃない。

それでも彼らにしか助けられない命がある限り、死と隣り合わせの戦場へ赴き闘い続ける。

「そこへ行ったら、北斗さんは――」

続きは怖ろしくて声にならなかった。きゅっと布巾を握りしめる。

彼は腰を屈めて「真誉」と優しい声で呼びかけてきた。

「以前、少し話したよな。俺がレスキュー隊に入った理由」

「ええ。子どもの頃、レスキュー隊員に助けられたから――」

「そう。でも、正確に言うと少し違う」

驚いて顔を上げると、彼の眼差しは陰り、表情は暗く沈んでいた。

「たしかにあの日、レスキュー隊は俺を助けてくれた。感謝しかないよ」

今から十八年前、私が六歳で、兄と北斗さんが十二歳だった頃の話だ。北斗さんの自宅が火災に見舞われた。

彼は地主の子で、ここから少し離れた場所にある平屋の大邸宅に住んでいた。

冬で風が強く乾燥していたせいもあり、火の回りが早く、木造の家はあっという間に業火に包まれてしまった。

当時からここに住んでいた私と兄は、火災の知らせを聞いて、母の制止も振り切り北斗さんの家に駆けつけた。

向かう途中、遠くの空に真っ黒い煙が立ち昇っていくのが見えて、怖かったのを覚えている。

消防車がウーウーと音を鳴らし、私たちの横を通り過ぎていく。兄に手を引かれながら、彼の家まで必死に走った。

家の近くの通りには、たくさんの消防車や消防隊員がいて、野次馬も集まりごった返していたが、私たちは身を屈めて人々の足もとをすり抜け、いつの間にか規制線の奥まで辿り着いていた。

その場はまさに戦場だった。縁側からは炎が上がっていて、消防士がホースで家の周囲に水をかけている。

『北斗！　北斗！』

兄が幼馴染の名前を叫ぶ。しかし、彼もその家族も見当たらない。

やがて消防士に見つかり『君たち、危ないから下がって』と規制線の外に押し出されてしまった。

『どうして早く火を消してくれないんだよ！』

兄が消防士に掴みかかる。ホースの水は隣家の塀のあたりをさ迷ってばかりで、家の中心から噴き上がる業火を捉えてはいなかった。

『まだ救助活動が終わっていないんだ。水をかけるのは、全員を助けたあとだよ』

水をかけると救助の妨げになるばかりか、倒壊の危険が増す。大量の熱された水が、倒れて身動きの取れない要救助者に襲いかかる。

幼い頃はそんなこともわからないから、どうしてすぐに火を消してくれないのか理解できなくて、苛立ちすら覚えた。

そのとき、煙の中からオレンジ色の防火服を着た消防士がふたり出てきた。煤《すす》汚れて真っ黒になった子どもを抱えている。

『北斗！』

兄は駆け寄ろうとしたが、消防士の大きな体に抱きとめられ、近づけない。

しかし、オレンジ服の消防士がこちらの様子に気づき、兄に向けて親指を立ててくれた。

〝生きている〟〝お友達は無事だ〟そんなメッセージだったのだろう。

それを見た兄の目から、涙がぽろぽろとこぼれ落ちてきたのを幼心に覚えている。

オレンジ色の隊員たちは、厳密には消防士ではなくレスキュー隊員というのだとあとから知った。

彼らの勇士は兄の目に強く焼きついた。それから兄は『俺は将来、レスキュー隊になる』と夢を語るようになった。

助かった北斗さんも、兄とともにレスキュー隊を目指すようになったそうなのだが——。

「私はまだ幼かったけれど、はっきり覚えてる。オレンジ色の防火服を着た隊員たちが、北斗さんを抱えて煙の中から出てきたのを」

自分の命を救ってくれたレスキュー隊員に憧れるのは、自然だと思う。そうなりたいと願うのも。

しかし、北斗さんは切ない目で首を横に振った。

「たしかに俺は助かった。でも、母は救えなかったんだ」

「あ……」

あの事故で北斗さんは母親を亡くしている。助け出されたものの火傷《やけど》の状態がひどく、病院で息を引き取ったのだ。

やるせない気持ちになって、ぎゅっと手を強く握りしめる。

「俺は遊真のように、純粋にレスキュー隊員に憧れていたわけじゃない。母を助けられなかった彼らに、憎しみすら抱いていた。俺のような人間を増やしちゃいけない、そう思って今ここに立っている」

寂しげな彼の目を、呆然と見つめた。

兄と北斗さんは似ているようで全然違う。ヒーローに憧れ、真っ直ぐな気持ちでレスキュー隊員になった兄。

反対に、人々を悲しませたくない、そんな使命感に駆られ、追い詰められるようにレスキュー隊員になった北斗さん。

「ほかの誰かが助けられなくても、俺なら助けられるかもしれない。だから救助の仕事を選んだ」

その決意は重く固い。決して揺るがないものなのだと感じ取った。

北斗さんが私の背中に手を回す。ゆっくりと引き寄せられ、大きな腕に包まれた。

「心配をかけて、申し訳ないと思ってる。でも、俺はこの仕事を辞めるわけにはいかない。自分のように悲しむ人間を減らすために、俺は助け続けたい」

彼の温もりに包まれて、そっと目を閉じる。

優しい人だ、そう思った。世の中の悲しみを少しでも減らすために、ひとり闘い続けている。

「ごめんなさい。私、自分のことしか考えてなくて」

「いや。真誉は正しいよ。もし君が危険な職業に就きたいと言ったら、俺は全力で止めると思う。俺を心配してくれる気持ちは、わかるつもりだ」

顔を上げると、北斗さんは柔らかな眼差しでこちらを見下ろしていた。

私の頭をよしよしと撫《な》でる。純粋な優しさに胸が熱くなってくる。

「これは俺のワガママなんだ。どうか許してくれ」

私はこくりと頷く。もちろん、辞めてほしい気持ちはすぐには消えない。でも、ここまでの決意を聞かされたら、反対なんてできないもの。

私は彼を応援するしかない。たとえそれが本意ではなかったとしても。

「だからこそ真誉には、素敵な彼氏を見つけてほしい。俺みたいに勝手なヤツじゃなくて、ずっと真誉のそばにいて、決して悲しませないような男を好きになってくれ」

きゅっと唇を引き結ぶ。自分に絆《ほだ》されてはいけない、そう念を押されたようで切ない気持ちになる。

もしかしたら気づいているのかもしれない。私が北斗さんに、恋にも似た憧れを抱いていると。

優しくて正義感の強い彼が大好きだ。好きがどんどん膨らんでいって、この気持ちが身を滅ぼすとわかっていても止められない。

でも、ありのままの彼を受け止めきれない私には、好きになる権利すらないだろう。

彼の言葉に頷くと、心がずんと闇の底に沈んだ気がした。

世界で一番精悍なオレンジ色

十月になり、今日から秋の新メニュー第二弾の展開が始まった。

第一弾はさっぱりした味付けにしたが、第二弾はカボチャやにんじん、ごぼう、れんこんに豆乳と味噌《みそ》を絡め濃厚に仕上げた。

「こんなにガッツリしてて、このカロリーってすごいね？」

注文した女性は驚き顔だ。初めて来店したお客様で、大きなスポーツバッグを抱えているところを見ると、上階のジムの利用者なのだろう。

「なるべく油は使わないで、脂質や糖質を抑えているんです。お野菜は素材の味が引き立つように、味の濃いドレッシングを避けて少量のスパイスで仕上げています」

ドレッシングだとカロリーが跳ね上がってしまうから、味付けは香草やスパイスで。あえて素材を大きく切って形をごろごろ残すことでボリューム感を出し、視覚的な満足度をアップしている。

野菜の色味も綺麗に見えるように工夫してある。食事は目から楽しむものだ。

「市販のランチに比べると量自体は控えめですが、お野菜は食感がしっかり残るように調理していますから、食べ応えがありますよ」

「そういうの助かるな。今、ダイエット中であんまり食べられないんだけど、お腹ぺこぺこなんだ」

女性が茶目っけたっぷりにぱちりとウインクする。

私は「ごゆっくりお召し上がりください」とにっこり微笑み返して席をあとにした。

満足してもらえるといいな。そんなうきうきした気持ちで、新しく来店したお客様のご案内をしていると。

……なんだか焦げ臭い？

なんとなく嫌な匂いを感じた気がして、ちらりとキッチンを覗き込んだ。

とくに何かを焦がしたりはしていないようだけれど……？

すると、お会計を済ませて内階段から下りていったはずのお客様が、血相を変えて戻ってきた。

「あのっ、なんか下の階から煙が上がってきていて！」

「え……？」

そのときだ。ジリリリリと火災報知器が大きな音を立てて鳴りだした。

事務室で作業をしていた優多さんが飛び出してくる。

火事だ――ふたり、目線を交わして頷き合う。火災が起きた場合の対処は、シミュレーション済みだ。

優多さんがすぐさま客席に向かい声をかける。

「みなさま。こちらに非常階段がございますので、慌てず、ゆっくりと、おひとりずつ外に避難してください」

客席とは反対側の、倉庫として使っている部屋の奥に非常階段へ続くドアがある。

火災を知らせに戻ってきてくれたお客様にも「あちらの非常階段から外に出てください」と誘導する。

キッチンを担当していたアルバイト社員が、戸惑いながら私のもとに指示を仰ぎに来た。

「火は止めました?」

「はい。ぜんぶ確認しました」

「では、お客様に続いて非常階段から外に出てください。私はほかにお客様がいないか確認してきますので」

トイレや座席の奥をチェックして、店舗内に誰もいないのを確認したあと、私も非常階段に向かう。

しかし、避難したはずのお客様が慌てた様子で店内に戻ってきたので、眉をひそめた。お客様の人数が増えていて、よく見ると上階のジムの利用者やインストラクターまでいる。いったい何が起きているの？

冷静な優多さんまでもが慌てた顔で駆けてきた。

「非常階段の二階部分に大きな荷物が積み上がっていて、避難できなかったのよ」

「ええ……⁉」

さすがにその事態は予測していなかった。前回消防点検をしたときには荷物なんてなかったはずなのに。

「避難梯子《はしご》を使う？」

「一応準備しておいて。私は内階段が使えないか見てくる。これだけ人数がいるんだもの、梯子だけじゃパニックになっちゃう」

優多さんが内階段の様子を見に行く。階段には白い煙が薄っすらと漂ってはいるが、幸い勢いは弱く、通れないほどではないそうだ。

黒い煙や炎も見えなかったという。そこまでひどい火災ではないのかもしれない。

「みなさん、こちらに！　私に続いてください！」

優多さんが今いるお客様たちを階段へ先導する。私は非常階段から下りてきたジムの利用者を内階段に誘導した。

すぐに消防車も到着し、消防隊員が避難誘導を引き受けてくれる。

私は最後に外へ。冷静に対処したかいもあって、お客様は全員無事に避難できた。

だが、これがもし本格的な火災だったらと考えると、ゾッとする。多くの人間が逃げ遅れていたかもしれない。

外に出ると、消防車が複数台止まっていて、隊員が慌ただしく活動していた。

どうやら所轄の消防署だけでなく、近隣の消防署からも集まってきているよう。

このあたりは雑居ビルが立ち並び密集しているから、被害が大きくなると危惧したのかもしれない。周辺に住む住民も不安そうにこちらを見つめている。

ふと隊員の中に、見知った背格好の男性を見つけて、ドキリと胸が高鳴った。

「北斗さん……？」

「真誉！」

彼が分厚いオレンジ色の防火服を着て駆け寄ってくる。服だけで一〇キロ、空気呼吸器を背負うと二〇キロにもなるらしい。

銀色のヘルメットからしころと呼ばれる首や頭を守るための防火布が垂れ下がっている。グローブとブーツを身に着け、肌は顔以外、一切露出していない。いざ火の中に向かうときは、顔全面を覆う面体をつけ全身を防護するそうだ。

「無事でよかった。ここが現場だと聞いたときは血の気が引いたぞ」

「心配してくれてありがとう。火災はもう収まったの？」

「ああ。今、確認してるところだ」

そう言って、隊員たちの様子を見守る北斗さんの表情はキリリと引き締まっていて、こんな状況下で不謹慎極まりないが、いつもより何倍も格好よく見えてしまう。

「おう、吉柳」

背後から声をかけられ、私たちは振り向いた。

やってきたのは北斗さんより年輩で、四十を過ぎたくらいの隊員だ。

「八尾《やお》さん。お疲れ様です」

北斗さんは彼――八尾さんに敬礼したあと、少しだけ腰を屈めて私に耳打ちした。

「彼は指揮隊の八尾さんだ。この現場の責任者でもある。……俺は駆け出しの頃から世話になっているから、頭が上がらないんだ」

北斗さんを育ててくれた人、ということだろうか。私もぺこりと頭を下げる。

「で、愛しの姫君は無事だったんだな。よかったなあ」

八尾さんの生ぬるい目と、北斗さんのぎょっとした目がこちらに向く。えっと、姫君って何……？

「まったく。わかっているくせに、からかわないでくださいよ」

「悪い悪い。五十嵐のヤローがそこで吹聴していたから、つい、な。あの冷静な吉柳が、真っ青になって恋人のもとに飛んでったって」

ふと見ると、五十嵐さんらしきうしろ姿の男性が、ほかの隊員たちと熱心に話し込んでいた。

「あいつ。出場中に何やって……」

北斗さんの目が見たこともないくらい険しくなる。あとで五十嵐さんがドヤされないといいのだけれど……。

「とにかく、ボヤで済んでよかった。それにしてもお嬢さん、ここの三階で働いてるんだって？　二階の連中には気をつけたほうがいいぞ。諸々、消防法を無視してる」

突然、八尾さんに真剣な顔で話題を振られ、私はきゅっと身を引き締めた。

「ええと……非常階段に荷物が置いてあった件でしょうか？」

「そのほかにも、いろいろとやっているらしい。火災報知器が作動しないように、天井の器具にカバーを被せたりとかな」

「どうしてそんなことを？」

「飾りランプが高温すぎて誤作動しちまうんだと。まあ、実際に火が出たのはそのランプが原因だったそうだから、当然としか言えないな」

二階は若者向けの個性派セレクトショップで、衣類や雑貨を取り扱っている。内装はエキゾチックで、アラビアンナイトを彷彿《ほうふつ》とさせる派手なランプやペルシャ更紗《さらさ》が天井から垂れ下がっていたのを覚えている。

きっとあのランプが発火して、周りの布に引火したのね、と妙に納得してしまった。

「まあ、お嬢さんの店の防火管理者にも連絡がいくだろう。立入検査もあるかもしれん。少々面倒だとは思うが、命に関わることだから、真面目に対応してやってくれ。こいつも心配するしな」

ポンと北斗さんの肩を叩く。彼は照れくさそうに眉を下げ、本当に頭が上がらないといった感じの顔をする。

「はい。もちろんです」

返事をすると、八尾さんは「気をつけてな」と軽く手を掲げて、自分の持ち場へと戻っていった。

北斗さんがきゅっとヘルメットを引き下げる。

「俺も仕事に戻る。消防法関連については、オーナーさんと確認してくれ」

「うん、わかった。心配してくれてありがとう」

北斗さんは凛々しい笑顔を見せて、隊員たちのいるほうへ駆け出していった。

五十嵐さんの真横まで辿り着くと、頭の上にげんこつを落とす仕草をする。

ヘルメットをしているので痛くはないのだろうけれど、五十嵐さんは『しまったー』というポーズで北斗さんを見上げた。

「ふふふ」

和やかなムード。隊員たちに慕われているのがわかる。

そして、北斗さんが姿勢を正し指示を出した瞬間、隊員たちの背筋に緊張が走り、全員真剣な顔になった。

厳しくも優しい、いい隊長をしているのだと思う。

……眩《まぶ》しいな。

きっとそれが北斗さんの天職なのだろう。毅然《きぜん》と振る舞う彼が、とても凛々しく頼もしく見えた。

ボヤ騒ぎの翌日。各テナントのオーナーとビルの管理者が集まって、今後について話し合った。

「ありえない」

店に戻ってきて早々、優多さんが悪態をつく。

「あの二階のオーナー、防火意識が低すぎなのよ。非常口を資材で埋めちゃうわ、怪しいライティングやらキャンドルやら手作りしてボヤ騒ぎ起こすわ、消火器は邪魔だから置きたくないとか、アホじゃないの？　あれでよく営業許可が下りたわね」

すっかりご立腹な優多さんを「まあまあ」となだめる。

「非常階段の荷物はどけてくれたんでしょう？　あんな騒ぎを起こしたんだし、さすがに反省するんじゃないかな」

「反省どころか、開き直ってたわよ。怪我人がいなかったんだからいいじゃないかって。そういう問題じゃないっつの」

飲食店ではなくセレクトショップ、加えて二階という立地もあり、防火意識は低いのかもしれない。

飲食店、とくに三階以上のテナントで収容人数の多い施設は、消防用設備の設置義務や、消防計画の届け出など、様々な義務があるのだ。

「あのオーナー、信用できないわね。非常階段は定期的に確認したほうがよさそう。次に荷物置いたら、即刻クレームつけてやる！」

優多さんはピリピリしたまま腕を組んでいる。そこまで言うのだから、よっぽど性格に難アリな人物だったのだろう。

「私も気をつけておくね」

八尾さんの『二階の連中には気をつけたほうがいいぞ』という言葉を思い起こす。

私たち自身はもちろん、お客様の命にも関わることだ。いざというときのために最大限の対策をしておかないと。

それに、優多さんは人を見る目に長《た》けている。彼女が信用できないというなら、気をつけなければ。

彼女の予感はよく当たるのだ。

それから三週間後。営業時間が終わったあと、新作の試食会と銘打って、優多さんが友人たちを集めてくれたのだが――。

「優多さん？　ええと、これはどういう……？」

中央のテーブル席が、なんだかおかしな様相と化している。

そんな中、キッチンにやってきたのは、私たちの共通の知人。栄養専門学校時代の同級生、一ノ瀬美波《いちのせみなみ》。私と同じ二十四歳だ。

「ふたりとも久しぶり。カフェ経営はどう？」

そう尋ねてきた彼女は、卒業時に得た栄養士の資格を活かし、今は食品メーカーで働いている。

「うん、山あり谷ありだったけど、今は順調よ」

「自分の思った通りに働けて楽しそう。こっちは上司の顔色見ながらで大変だよお」

そう愚痴る彼女は、不満な物言いとは裏腹になんだかキラキラしている。口で言うより、今の職場が楽しいんじゃないかな？

「それにしても、美波はずいぶん変わったね。服もメイクも、別人みたい」

学生時代はジーンズにラフなカットソーを着ていた彼女だが、今はくるくる巻き髪に、体のラインがくっきりと出るセクシーなニットを着ている。

ひらりとした上品なスカートに濃いめのメイク。バッグは高級ブランドだ。

「しっかりお給料もらってるからね。学生時代とは買うものが違うよ」

それに、と言って彼女は私たちの肩を抱き、顔を引き寄せる。

「今日は合コンって言うからさー。気合い入れてきちゃった」

ひそひそ声でそう息まくと、彼女は中央のテーブル席についた。正面の席にはスーツ姿の男性がふたり座っている。

「あの、優多さん？　これはいったい……」

テキパキと手を動かして新作メニューを調理しつつも、こっそりと尋ねる。

「だって真誉、彼氏募集中だって言ってたじゃない？　うちはお酒も扱わないし、合コンにしては健全でしょ？」

「合コンって、二対三で？」

「あ、私はカウントに入れないで。普通の男じゃ満足できない質《たち》なの」

それはそれでどういうこと？　野菜を炒めながら、怪訝な目を優多さんに向ける。

「ということで、今日の主役は美波と真誉よ。調理は私に任せて、早く席についてらっしゃい」

早々にキッチンを追い出され、私は仕方なく客席に向かった。

予期せずテーブルに座る方々と目が合ってしまい、ごまかすように会釈する。

どうやら逃げ場はないらしい。観念してエプロンを脱ぎ、テーブルに着く。

「こんな格好ですみません」

シンプルな白ブラウスに黒パンツ。隣に座る華やかな美波に比べると貧相だ。

すると、私の正面に座る男性が「気にしなくていいよ」と眼鏡の奥の目を細めた。

「仕事服なんでしょ？　清潔感があっていいと思う」

そう口にしたのは、優多さんの経営学部時代の友人、十倉《とくら》さん。先ほど自己紹介した際に、区役所で働いていると教えてくれた。

グレーのスーツにネイビーのネクタイ、いかにも公務員らしいきちんとした服装だ。

「っていうか、単に十倉の好みなんでしょ？　素直に言いなよ」

そんな煽《あお》るような発言をしてきたのは、同じく優多さんの友人でメーカー勤務の会社員、三津屋《みつや》さんだ。

ノーネクタイでシャツとジャケットをラフに着こなしている。髪もパーマがかった茶色。黒髪の十倉さんとは真逆の印象を受ける。いかにもモテ男といったイメージ。

「昔っから真面目で清楚《せいそ》っぽい女の子が好きだよね—、十倉は」

いたずらっぽく笑う三津屋さんを、十倉さんはたしなめる——かと思いきや。

「うん。好きだよ」

どストレートな返答に、ほかのメンバーは面食らう。

「女性のオシャレとか、あまり興味がないかな。逆にシンプルなほうが、地に足がついていて信頼できるというか。長く付き合えそうな気がする」

なんて正直者……というか、合理主義なのかな？

でも、かわいく着飾ってこの場に臨んだ美波は、ちょっぴり複雑そうな顔をしている。すかさず三津屋さんが口を開いた。

「でも、見た目と信頼は別問題じゃない？　オシャレしてる子を見ると、俺は健気でかわいいな〜って嬉しくなるけどね」

美波がホッとした顔をする。

出だしのやり取りでなんとなくペアができあがってしまい、十倉さんはよく私に話題を振ってくれるようになった。

美波と三津屋さんは趣味や好みも合うらしく、さっそく意気投合している。

私と十倉さんはお見合いのごとく、穏やかな質疑応答を繰り返しているけれど、なんとなく落ち着かない。

「おふたりはどうして今の職業を選んだんですか？」

美波の質問に、まず答えたのは十倉さんだ。

「安定しているからかな。残業もそこまでないし、自分の時間を大切にできると思って。趣味を仕事にするときついって話を聞くから」

「それなー」

三津屋さんが乗っかる。

「俺は中途半端に好きを仕事にしたから後悔してるよ。趣味も満喫できないし、仕事も想像以上に楽しくないし、何より忙しいし。一番ダメなパターンだった」

「三津屋さんはメーカー勤務なんですよね？　しかも大手の」

同じメーカー勤務の美波は共感できるのか、興味津々だ。

「そそ、白物家電の企画とか、開発の管理業務をやってるよ。大手に入れたから安泰だと思ったんだけど、残業はきついし、工場の連中は無茶苦茶言うし、開発チームは頭が固くて話にならないし、上司は横暴。もうストレス溜まりまくりだよ」

うんざりした顔で項垂れる。隣で十倉さんが苦笑した。

「それはそれで、仕事にやりがいを見つけられていいんじゃない？　事務や窓口対応なんて、なんの楽しみもないよ。ただ、お金のために仕方なくやってるって感じで」

「最初はそう思ってたけどさ。楽しい以上にしんどさが激しくて。俺だって金のためじゃなきゃやってられないよ」

美波まで一緒になって大きく頷く。

「私も第一志望の食品メーカーに入社しましたけど、ホントそう。好きより嫌な作業のほうが圧倒的に多いんですもん。周りになんやかんや言われているうちにどんどん嫌になってきて」

「だよなー」

メーカー組は揃えたようにため息をついている。

自分が望んだ仕事に就いても、満足だと言える人は少ないんだ……。

仕事への情熱ではなく、ただお金のために働く、そんな感覚に虚しさが湧き上がってくる。

私は仕事にやりがいを感じているし、北斗さんもそう。ひとりでも多くの人を救うために、自ら望んで職務にあたっている。兄だって、消防官という仕事に誇りを持っていた。仕事に対する姿勢が全然違う。

ふと十倉さんの視線がこちらに向いた。

「乙花さんは？　今の仕事、どう？　……って、桜庭の前じゃ言えないか」

キッチンにいた優多さんが「私がこき使ってるみたいに言わないでよ」とクレームをつける。思わず私は苦笑した。

「楽しいですよ、好きで始めたことですし。上下関係もありませんから。頑張った分だけお客様が反応してくれるので、やりがいがあります」

素直に答えたのだが、三人は驚いたような、どこか呆れたような顔をする。

「仕事を好きって言えちゃうなんてすごいなー。まあ、自分たちで開いた店だもんね」

三津屋さんと十倉さんはどこか複雑そう。私と彼らのあいだに隔たりを感じた。

「で、でも、結婚を考えるなら堅実に働ける男性がいいかなって思いますよお。将来、きちんと家族を支えてくれそうですし」

美波の言葉にふたりの表情が和らぐ。

「まあ、仕事がつらいからっていちいち辞めてたら、生計が成り立たないし、ローンも組めないからね」

「将来、家庭を持つって考えると、夢ばっかり追ってられないしな」

彼らに合わせて私も苦笑いを浮かべる。

社会に出て働くって、そういうことなのかもしれない。家族ができたら、子どもが生まれたら、そんな先を見据えると、やりがいばかり追いかけてもいられない。

でも——仕事に誇りを持つ北斗さんを、格好いいと思ってしまう。

消防官という仕事を忌まわしく思いながらも、誇り高き彼らに魅力を感じている自分がいる。隊員たちを率いる精悍《せいかん》な横顔を、オレンジ色の救助服に身を包む頼もしいうしろ姿を。

結局私は、どうあがいても北斗さんが好きなんだわ……。

彼以上に素敵だと思える男性に巡り会える気がしなくて、どこかもの悲しい気持ちを抱えたまま時間が過ぎていった。

最愛の抱擁と読みとれない心

一時間半程度食事をして、新作の試食会と銘打った合コンはお開きになった。

私は十倉さんと、美波は三津屋さんと連絡先を交換して別れた。

「美波は満足そうだったけど、真誉にとってはちょーっと相手が物足りなかったかしらねえ」

私と優多さんは、ふたりきりになった店内で後片付けをしながら、今日の感想を口にする。

「優しくて素敵な方たちだったなあとは思うよ。でも……」

お付き合いしたいかと言われると、よくわからない。

私の心中を見透かして、優多さんが苦笑する。

「サラリーマン同士で落ち合うと、どうしても仕事の愚痴合戦になっちゃうのよねえ。私も経営学部の友人たちと飲みに行くけど、感覚が違うなって思うもの」

私たちは自分で仕事を作り出し、主体的に働いている。雇われている彼らと温度差が生まれるのは仕方がないのかもしれない。

「愚痴が嫌ってわけじゃないの。日々の些細《ささい》なストレスを発散して、すっきりした気持ちで明日に臨めるなら、それでもいいと思う。私だって落ち込むときはあるし」

「とはいえ、真誉の周りには理想の高い人たちがいるでしょ？　それと比べちゃうとねえ」

北斗さんたちのことを言いたいのだろう。日々命がけで闘っている彼らと比べるのも酷な気がするが。

「優多さんは？　『普通の男じゃ満足できない』って言ってたけど。付き合うなら自分と同じ経営者がいい？」

「そういうわけじゃないけど……そうねえ」

優多さんは食器を片付けながら、どこか切なそうな声をあげた。

「それこそ私は、消防士とか。人生かけて仕事してる人のほうが格好いいと思うわ」

ドキリとしてテーブルを拭く手が止まる。

消防士って、北斗さんのこと？

日頃から『格好いい』『好みにドンピシャ』とは言っていたけれど、もしかして本気で付き合いたいって思ってる？

「あ、別に、北斗さんを紹介しろとか言ってるわけじゃないからね？　たとえ話よ」

彼女が慌てて否定する。

「そう、なの？」

本音かな？　また私に気を遣って遠慮しているのかな？

でも、紹介してほしいと言われなくてホッとしている自分がいる。

おかしいな。優多さんなら信頼できるし、自信を持って北斗さんに紹介してあげられるのに。

彼がほかの誰かに取られるのは嫌だって思ってしまう……。

私はなんてワガママなのだろう。自嘲するように笑みをこぼした。

「仕事に誇りを持っている人って、素敵に見えるよね」

「同意ー」

「優多さんも素敵よ？」

にっこりとごまかすように笑いかけると、彼女は屈託のない表情で「真誉もね」と笑った。

片付けを終えると、まだ事務仕事が残っているという優多さんに戸締まりを任せて一足先に店を出た。ビルの階段を下り、大通りに出る。

いつもより帰宅時間が遅いから、北斗さんが家で心配しているかもしれない。

【これから帰ります】とメッセージを送ろうと、バッグに入っている携帯端末に手を伸ばしたところで――。

「あ！　いたいた！」

後方から声をかけられ、驚いて振り向いた。通りの向こうから歩いてくるのは三津屋さんだ。

「どうしたんですか？　何か忘れ物でも？」

あれから一時間以上経っているのに、どうしてまだこんなところにいるのだろう。

尋ねると、彼はほんのり赤い顔をしてへらっと笑った。

「さっきまで美波ちゃんとふたりで飲みに行ってたんだ。帰りがけに、真誉ちゃんはどうしてるかなあと思って店に寄ったら、ちょうど姿が見えて」

わずかに頬が紅潮しているのはお酒のせいらしい。美波はすでに帰ったようで、姿が見えない。

「気にしてくださってありがとうございます」

「真誉ちゃんもこれから帰りだよね？」

「はい。三津屋さんは電車ですか？」

駅のほうへ向かおうとすると、彼はすかさず私の手を掴んだ。

「ちょっとだけ一緒に飲まない？　俺たち、全然話せなかったじゃん？」

「えっと……」

強引に手を繋がれてしまい、なんとなく嫌な気持ちになる。

さっきみんなで食事をしていたときは、気軽に触れてくるような人には見えなかったのに。酔いが回っているせいだろうか。

「ごめんなさい、明日も仕事なので」

「俺もだよ。だから、少しだけ、ね？」

ぐいっと引き寄せられ、体の距離が縮まる。とろんとした表情から得体の知れない不気味さを感じ取った。

「俺、本当は真誉ちゃんとも、もっと話したかったんだよねえ。連絡先も交換したかったし。でも、十倉があからさまに真誉ちゃんに興味を持ってたから言い出せなくて」

彼の眼差しが、お店で話していたときよりも鋭くなっている気がする。柔和で人のいい雰囲気が今はまったく感じられず、まるで別人のようだ。

「真誉ちゃんさあ、あんまりメイクしてないのに、顔、綺麗だよね。透明感があるっていうか。十倉がのめり込んじゃうのもわかるな。俺も見惚《みと》れちゃったもん」

三津屋さんが私の頬に手を伸ばしてくる。撫でられそうになって、思わず「やっ」と拒んでしまった。

手が突っ張っても離してもらえず、それどころか彼の目に怒りが宿る。

「そんなに怯《おび》えなくてもよくない？　真誉ちゃんってちょっと失礼だよね。俺たちにもあんまり興味持ってくれてなかったみたいだしさあ」

「え……」

「桜庭は試食会とか言って濁してたけどさあ。人数的に合コンだってわかるでしょ？　もう少し気のある素振りしなよ。空気読めないなー」

突然責め立てられ、心苦しい気持ちになる。

私は失礼な態度を取っていたのだろうか。たしかに合コンなんて初めてだったから、どうすべきかもわからなかった。

逃げ出したい気持ちと申し訳なさで涙が出そうになる。

「桜庭に紹介してもらってるんだから、ちょっとは相手を立てようとか、思わない？」

「す、すみません……」

「あー、きつい言い方してごめんね？　真誉ちゃん、俺たちより四つも年下だもんね。

いきなり合コンのマナーなんて言われても、わかんないか。俺がいろいろ教えてあげるから安心して？」

責められ叱られ、教えてあげると優しい声をかけられ、情緒がめちゃくちゃになりそうだ。思考がぐるぐるしてどうしたらいいのかわからない。

腕を引かれ、半ば強引にネオンの眩しい飲み屋街へ引きずり込まれる。

辿り着いた先はお酒を飲むお店——ではなく、裏路地にあるラブホテル。完全に思考がフリーズして、体が硬直した。

「あの、なんで……ここって……」

「ゆっくり休憩して話そうよ。大丈夫、なんにもしないから」

何もしないならホテルでなくてもいいんじゃ……そう思いながらも口にする勇気はなかった。

大人しくついていくべきかと迷うけれど——。

「ごめんなさい……」

嫌悪感が勝り、大きく首を横に振って拒む。

「ええー？　ここまで来ておいてそれはないでしょ。俺にも桜庭にも恥かかせる気？」

優多さんの名前を出されて心が揺らぐ。

ここまでついてきてしまった私が悪いの？　大人しく誘いにのるべきなの？

どうしたらいいのかわからない、誰か助けて、心の中でそんな悲鳴をあげたとき。

背後から近づいてきた人物が三津屋さんの腕を掴んで、私から引き剥がした。

「彼女に触れるな」

怒気を含んだ低い声。驚いて顔を上げると、涙で滲んだ視界の奥によく知る顔があった。

「北斗さん……！」

ラフめなジャケットに白いシャツ、ジーンズを合わせた彼が、静かな怒りを宿して立っている。

「は？　誰だよお前！　口出してくんな」

三津屋さんは啖呵《たんか》を切って腕を振り払うも、自分より身長が高く逞しい北斗さんを見て固まった。じりじりとあとずさり、腰が引けている。

「嫌がる女性を無理やりホテルに連れ込もうとして、言い逃れできると思うなよ。警察を呼ばれたくなければさっさと立ち去れ」

冷静で淡々としているのに、なんて威圧感。言葉に迫力がある。

彼の視線、姿勢、息遣い、すべての所作がただ者ではないと物語っていた。これがたくさんの危機を潜り抜けてきた人間が持つ貫禄《かんろく》なのだろうか。

「二度と真誉に関わるな」

よく響く、どすの利いた声。三津屋さんはぶるりとその身を震わせると、直感的に敵わないと悟ったのか、慌てて逃げ出した。

「北斗さん……」

あまりにも突然の出来事だった。緊張が解けて膝がかくんと頽《くずお》れ、その場にへたり込みそうになる。すかさず北斗さんが抱き支えてくれた。

「真誉！　大丈夫か」

もう一度見上げれば、今度こそ優しく穏やかな瞳。今は心配そうに、眉が下がっている。私のよく知る北斗さんで、途端に涙が溢《あふ》れてくる。

「どうしてここに……」

「遅いから迎えに来たんだ。飲み屋街の入口のところで真誉を見かけて、様子がおかしかったから追いかけてきた」

そういえば【これから帰ります】というチャットメッセージをまだ送っていなかった。なかなか帰ってこないのを心配して、迎えに来てくれたんだ……。

「助けに入るのが遅れて悪かった。大通りを逸れたところで見失ってしまって」

「ううん。ありがとう、来てくれて」

今の出来事を振り返ると身震いがする。

同時に助けに来てくれた北斗さんがヒーローのようで、嬉しくて、好きすぎて、頭の中がぐちゃぐちゃだ。たまらず彼の胸に顔を埋める。

「怖かったよぉ～……」

大きな背中に手を回し力を込めると、彼も包み込むように抱き返してくれた。

「大丈夫だ。俺がそばにいる」

「北斗さん……」

彼の腕の中は心地いい。三津屋さんに触れられたときとは全然違う、ずっとこのままでいたいとさえ思う。

それは家族だからとか、そういう理由ではないのだろう。

触れてほしいと思える男性は、今もこれからも、きっと彼以外には現れない。

予期せず、彼の存在がいかに特別かを思い知らされてしまう。

「真誉が男に手を引かれて、飲み屋街を歩いていったとき。うしろ姿を追いかけながら――少し、迷っていた。このまま行かせてやったほうがいいのかなって。手を繋いでほしいと、真誉が望んだんじゃないかって」

「望んでない。私、北斗さん以外、誰にも触れられたくなんかない」

「それを聞いて安心するなんて。俺も相当な過保護だな」

私を安心させるために抱きしめてくれているのだろう。そう理解しているはずなのに、心は勝手に揺さぶられ、鼓動が高鳴る。

優しさ以上の意味が、この抱擁にあるのではないかと願ってしまう。

「安心したのは、私が妹みたいな存在だから？」

思わず顔を上げて尋ねると、彼が驚くように目を見開いた。

「真誉？」

私の両肩に手を置いたまま硬直する。勘のいい彼だから、私がこの先何を言おうとしているのか、察したのかもしれない。

「私は家族だから触れてほしいわけじゃない」

彼への想いをはっきりと自覚してしまった。できることならずっと見ない振りをしていたかったのに。気づいてしまったからには隠しておけない。

気が昂《たかぶ》って、秘めた想いが口をついて出てしまう。

「北斗さんにとって私は、親友の妹？」

「俺にとって、真誉は――」

戸惑うように目を逸らし、言いあぐねる。

やがて彼は、再び私の背中に手を回した。

「特別だ。大切で、守ってやりたい」

大きな腕に包み込まれ、今度はかき抱くように強く、胸もとに押し込められる。

情熱的な抱擁に感情が溢れ出し、息が詰まりそうになった。

「真誉以上に大事な女の子なんていない」

「北斗さん……」

彼の手がゆっくりと私の頬をすくい上げる。目の前にあるのは甘く切ない眼差し。

普段とは違う表情を前にして、心地よい息苦しさに襲われる。

私の気持ちは伝わった？　北斗さんも同じ気持ちでいてくれたの？

引き結ばれた形のいい唇がゆっくりと近づいてくる。

求めに応えるように瞼《まぶた》を落としていき——触れる、そう思った瞬間。

「——っ」

突然彼は腕に力を込め、我に返ったかのように私の体を引き離した。

いったい何が起きたのか、わけもわからないまま呆然と立ち尽くす。

「大事だからこそ、俺じゃダメなんだ」

私の両肩に手を置いたまま項垂れ、苦しげに眉をひそめる。胸もとに彼の額がコツンとぶつかった。

「俺じゃ、真誉を幸せにしてあげられない」

「どういう、意味……?」

家族にしか見えない、そう距離を置かれるのならまだ理解できる。

けれど、私を特別だと、大切だと言って抱きしめながら、キスをくれようとしたのはなぜなのだろう。

『君じゃダメ』ではなく『俺じゃダメ』と言ったのはどうして?

「……ごめん」

彼はそう呟いて、再び私を強く抱きしめる。今度こそ愛ではなく、謝罪なのだとわかった。

視界が涙でじんわりと滲みながらも、泣くまいと抗う。私が泣いたら、きっと彼は自分を責めてしまう。

彼の悲しむ顔は見たくないのだ。

全力で守ると誓った日

……ひどいことをしてしまったな。

罪悪感に駆られながら、隣を歩く真誉を覗き見る。

真誉は俺に家族以上の好意を持っている。俺だって同じ気持ちだった。

あのまま彼女の唇を奪ってしまえば、お互い刹那的な幸福を得られた。だが――。

……できるわけがないだろう。

彼女を大切に思うほど、一線を越えるべきではないという結論に至る。

それならそれで『愛せない』『興味がない』『女性として見られない』とわかりやすく冷ややかな態度を取ればよかったのに。それができず、曖昧な言葉でごまかしてしまったのは、俺の心の弱さだ。

結果、彼女を余計に傷つけてしまった。

心にもないことをなぜ言えようかと、こっそり息をつく。

一緒に暮らし始めた当初は、純粋に家族として見ていたはずだ。

いつからこんなにもややこしい感情を抱くようになったのか。自分でもよくわからない。

俺はただの臆病者なのかもしれない。業火の中、要救助者を助けに行く勇気はあっても、愛する女性に嫌われる覚悟がないのだから。

彼女を傷つけたくない、悲しむ顔を見たくない——そう思う裏側には、自分が傷つきたくないというエゴがある。

彼女の幸せより、自分の感情を優先するなど、最低だ。

「もし俺に何かあったら、真誉のこと、頼むわ」

そう遊真から持ちかけられたのは、俺たちが難関と言われる選抜試験を突破し、レスキュー隊に配属された頃だった。

非番の日。兄妹で暮らす一軒家に招かれ食事をしていると、ふと彼が真面目な顔で切り出したのだ。

ちなみに当の真誉は学校に行っていて留守だ。

「ぶっちゃけさあ、北斗にだったら真誉を任せてもいいって思うんだよね」

突然そんなことを言い出すからぎょっとした。

どこまで深い意味があるのかは知らないが、幼い頃から極度のシスコンで真誉真誉と常に連呼している遊真がそう口にするからには、それなりに覚悟があるのだろう。

「弱気だな。俺に手を出されちゃたまらないから死ねない、くらい言ってくれよ」

「それができればベストだけどさ。正直、ここから先は何があるかわからないだろ？」

俺たちは要救助者のため、ともに行動するバディのために、そして自分自身の命のため、過酷な訓練を積む。

だがどんなに険しい状況を想定しても、生と死が交錯する現場から無事に帰ってこられる保証はない。

「妹が大事だからこそ、信頼できるヤツにしか任せたくないっていうかさ。真誉も北斗に懐いてるし、適任かと思って」

「……何かあったら、お前の代わりに面倒見てやる。それでいいか？」

真面目に答えてやったのに、遊真はえぇーっという顔をする。

「お前、あんなにかわいい女の子を任されて、兄代わりで満足できるのか？　それでいいのか？」

何を言わせたいのだろう、こいつは。

「真誉ちゃん、まだ十代だぞ。まさか嫁にもらえだなんて恐ろしいこと言わないよな？」

「もうすぐ二十歳だ。絶対美人になるし、優しいし、いい子だし、料理もどんどんうまくなってる。このハンバーグだって真誉が俺たちのために作り置いてくれたんだぞ？　こんな健気な子がほかにいるか⁉」

うっと呻《うめ》いて、皿に載っている食べかけのハンバーグを見つめる。

俺を家に招くと聞いて、昨夜のうちに作っておいてくれたらしい。学業で忙しいだろうに兄やその友人のことまで気遣ってくれる優しい子だ。

「いい子なのは同意するが。本人の了承もなく貰い手を探そうとするなよ」

「変な男に騙《だま》されるよかマシだろ？　あいつ、すぐ人を信じるから、誰かがそばにいて見張ってやんないとダメなんだよ」

切羽詰まった顔で力説する。イエスと言ってもらえなければ死んでも死に切れないというような剣幕だ。

「頼むよ、約束してくれよ」

「あーわかったよ、万一お前に何かあったら、俺が真誉ちゃんの面倒を見る。嫁に行くまできちんと見守ってやる。変な男に騙されそうになったら、お前の代わりにそいつを殴ってやる。それでいいな？」

ようやく満足したようで、遊真はニカッと笑った。

「それ以前に、さっさと死のうとするな。真誉ちゃんを見守るのはお前の役目だろ」

「当然だ。百歳まで生きて真誉を看取ってやる」

「その意気だ」

俺たちは彼女が作ってくれたハンバーグを綺麗に完食した。

しばらくすると彼女は学校から帰ってきて、結局夕飯までご馳走になってしまった。

和やかに過ぎる三人の時間。

けれど、それから一年後、遊真は帰らぬ人となった。


遊真の告別式が終わり、真誉には「何かあったらいつでも連絡してくれ」と伝えたが、三週間経ってもなんの連絡もこなかった。

血縁ならまだしも、兄の友人というだけでは頼りづらいのかもしれない。ひとりで抱え込んでなければいいのだが。

気になった俺は、今は真誉がひとりで暮らしている、あの一軒家を訪ねた。

玄関で俺の顔を見ると、真誉はにっこりと笑って居間に通してくれた。

「お線香をあげに来てくれたんですね。兄が喜びます」

彼女の表情は穏やかだ。意外と、落ち込んではいないのかもしれない。むしろ俺のほうが引きずっていて重症だ。

とはいえ、彼女だってつらくないわけはない。兄は完全なるシスコンだったが、妹も妹でお兄ちゃん子だった。

毅然と振る舞っているのだ。幼く見えて心が強いな、そんな感想を抱いた。

「お兄ちゃん、たくさん出世したんですって。今では北斗さんの上司ですよ」

殉職した消防官はその名誉を称え、二階級特進するというのが慣例だ。

「ずいぶん先まで行かれちゃったな。これからは遊真じゃなくて、乙花司令補って呼ばないと」

線香をあげながらはは っと笑うと、彼女も俺の背後で乾いた笑い声を漏らした。

「正直言って、階級なんてどうでもいいから、生きていてほしかったです」

ちらりと振り向き、彼女を覗き見る。その瞬間、目に入ってきたやるせない表情に、すぐに考えを改めた。

乗り越えてなんてない。彼女は俺以上に深く傷ついている。当然だ、遊真はたったひとりの肉親だったのだから。

ただ悲しむだけじゃない、悔しさや虚しさ、やり場のない気持ちを抱えて苦しんでいるのだ。

「……真誉ちゃん。遊真は、覚悟はしていたんだ。こういう仕事に就くからには――」

「そもそも、どうして自ら危険な職業に就くんですか。他人を助けるために自分が命を落とすって、おかしくありませんか」

　静かに声を苛立たせる。

　これまで真誉は、兄の仕事を全力で応援していた。名誉ある仕事だと、手放しで喜んでくれていた。それなのに――。

　兄を失って、心のバランスが崩れているのだろう。ひどく危うい状態に見えた。

「北斗さんは、残された人の気持ちを考えたことがありますか？　それでも今の仕事が大事だって、本気で思えるんですか？」

「真誉ちゃん……」

　今の彼女にどんな正論を言っても届かないだろう。

　実際、俺も不安定になっていた。俺たちは本当に正しかったのか。一緒にレスキュー隊を目指そうと頑張ってきたけれど、それ自体が間違いじゃなかったのか。

　妹のためにも、もっと危険のない堅実な職業に就けと、そうアドバイスすることもできたんじゃないか。

「……ごめん」

思わず謝罪の言葉が漏れた。真誉は困った顔をして「……謝らないでください」と目を逸らす。

「北斗さん。夕食って食べましたか？」

「え？ いや、まだだが」

「よかったら食べていってくれませんか？ 最近、誰かにご飯を作ってあげてないから、腕がなまっちゃって」

彼女の言葉に甘え、夕食をご馳走になることにした。

メニューは典型的な和食。炊き込みご飯にぶり大根、野菜の入った味噌汁、根菜と豚肉のきんぴら。

一時間ほど黙々と調理したあと「ふう」と息をついた真誉は、どこかすっきりとした顔をしていた。料理がいい気分転換になったのだろう。

「すごくおいしいよ。やっぱり真誉ちゃんはすごいな」

味だけでなく、栄養やカロリーまで考えられている。彼女の料理に和食や魚が多いのは、ローカロリーでたんぱく質がしっかり摂れるからだろう。

体を鍛えなければならない俺たちを――もう〝たち〟とは言えないのかもしれないが――気遣ってくれているのだ。

「私、兄を応援したくて栄養学を勉強し始めたんです」

以前、遊真が自慢のように『あいつは俺のために栄養士になるんだって。かわいいだろう？』と語っていたので聞いたことがある。

「でも、もう作ってあげる人もいなくなっちゃって。なんのためにお料理を作るのか、わからなくなっちゃった」

彼女は苦笑して味の染みたぶり大根を口に運ぶ。

「兄がいなくなってから、何を作ってもおいしいと思えないんです」

そんな虚しい言葉を吐く彼女を見て、このまま放っておくわけにはいかないと思った。『真誉のこと、頼むわ』――遊真の台詞《せりふ》が頭をよぎり、俺がなんとかしなければと強い思いに駆られる。

彼女が作った夕食をゆっくりと咀嚼しながら、三十分間、ずっと考えていた。

愛する兄を失い、夢も目標も見失って抜け殻になっている――そんな彼女に俺は何ができる？　何をすれば彼女は生きる希望を取り戻してくれる？

「真誉ちゃん」

どんなに考えてもひとつしか思いつかず、全皿綺麗に平らげたあとで苦肉の策を切り出した。

「料理、俺のために作ってくれないか？」

「え？」

「一緒に暮らそう」

彼女は予想もしていなかったのか、唖然《あぜん》とした顔で固まった。

いくら兄の親友とはいえ、他人が、それも男が一緒に暮らそうと言ってきたのだ、警戒しないわけがない。絶対嫌だと拒まれなかっただけマシかもしれない。

「遊真に、妹を頼むって言われたんだ。料理を振る舞う相手が必要なら、その役目、俺にやらせてくれ。俺が遊真の代わりになるよ」

彼女はぱちぱちと目を瞬かせて困惑している。

まさか下心があると疑われている？　俺は慌てて弁解した。

「言っておくが、変な意味じゃないぞ。真誉ちゃんは俺にとっても妹だから。いつまで経ったって俺の中では子どもみたいなものだし、女性として意識なんて全然してないから――」

「それはわかってます。っていうか、そこまで言われると、ちょっと傷つきます」

え？と今度はこちらが拍子抜けする。『子どもみたい』は少々言いすぎだったかもしれない。

「迷惑じゃありませんか……？　私のお守りなんて」

目を逸らしながらおずおずと切り出す彼女。やましさを疑われているわけではないとわかり、ホッとした。

「真誉ちゃんのおいしいご飯が毎日食べられるんだろ？　俺にはメリットしかないけど」

彼女は悩んでいるのか、俺を見たり目線を下げたりして視線を彷徨《さまよ》わせている。

「それに、女性のひとり暮らしは何かと不安だろうし。こんな俺でもいたほうが、多少はマシだろうから」

「そんな、マシ、どころか……」

きゅっと背筋を伸ばし、泣きそうな顔でこちらを見上げる。

「本当は兄から、『何かあったら北斗を頼れ』って言われていたんです。でも、北斗さんだって迷惑だろうし……」

なるほど、と腑に落ちると同時に安堵した。

遊真が亡くなってから三週間、俺に連絡をよこさなかったのは、頼られなかったわけじゃない。遠慮していただけなんだ。

「なんでも言ってくれ。遊真に言いたかったこと、頼みたかったこと、ぜんぶ俺に言ってくれていい。迷惑なんて思ってないから」

真正面から向き合うと、彼女は一瞬苦しそうな顔をした。素直に甘えていいのかわからない、そんな顔だ。

「俺が遊真の代わりになる。ずっとそばにいるよ」

すると彼女は吹っ切れたのか、泣きそうな目で笑顔を作った。

「どうぞよろしくお願いします」

そう言って深々と頭を下げる。

この瞬間、俺は遊真の代わりとなって、いつか彼女が自分のもとを巣立つその日まで全力で支えようと心に決めた。

「よろしく。〝真誉〟」

少しでも気兼ねなく俺を頼れるように、遊真の影に近づけるように、この日からちゃん付けを卒業した。

彼女は少々照れくさそうにはにかんで、俺への敬語をやめ、家族として受け入れてくれた。

真誉は二十歳とはいえまだ学生だ。念のため、同居について親族に報告してもらうと、ぜひとも俺と会ってみたいという返事が来た。

信用できる男か見定めたいのかもしれない。

何しろ、真誉は見るからに素直。実兄の遊真も男に騙されるのではないかと心配していたほどだ。きちんと顔を見せて親族を安心させてやらなければならない。

数日後。俺はスーツを、彼女はきちんとしたワンピースを着て親戚の家に向かい、ふたりで丁寧に頭を下げた。

『真誉さんとは幼馴染で、二十歳になってから交際を始めました』

『兄を亡くしたばかりの彼女をひとりにさせるのは心配です。同棲をお許しください』

交際していると嘘をついたのは、なまじ『兄の友人』などと説明をしても疑念を抱かれると思ったからだ。いっそ恋人と言ってしまった方が納得を得られると踏んだ。

結婚については、彼女が専門学校を卒業し、社会に出て経験を積んでから考えたいと説明した。

『同棲はまだ早いという意見はもっともです。ですが、真誉さんは今、家族を失ってたったひとりで苦しんでいます。俺に彼女を支える許可をください』

誠実に頭を下げたところ、親族は納得してくれた。

むしろ、真誉をそばで見守ってくれる人間がいるなら越したことはないと思ったのだろう、好意的に迎えてくれた。

彼氏のご挨拶という慣れない状況に終始緊張していた彼女だったが、帰り道は気が軽くなったようだ。

「北斗さんの気に入られっぷりったら、びっくりしちゃった。『あんなに素敵な人、なかなかいないから、絶対に逃さないようにね』なんて」

肩をすくめて伯母の口真似《くちまね》をする彼女に、俺は声をあげて笑う。

「気に入ってもらえたなら何よりだよ」

「北斗さんも北斗さんで真剣に挨拶しすぎ。私、本当にお嫁に行くのかと……」

頬を赤くしてそんなことを言うから、思わずこちらまで顔が熱くなってしまった。

結婚前提の挨拶だからと思ったのだが、『真誉さんを大切にします』は言いすぎだったかもしれない。

「悪かったな。大事な台詞を俺が先に使って。未来の旦那に謝っておいてくれ」

「未来の私の旦那様は、ハードルが高くてかわいそうね。北斗さん以上に立派な挨拶しなきゃならないんだもの」

「当然だろ。俺以上に立派な男じゃなきゃ、真誉を預けられない」

「そんな人、いるかな」

彼女は玄関の鍵を開けながら、首を傾げる。

「まあ、俺よりマシな男が見つからなきゃ、俺が旦那様の代わりになるよ」

なんの気なしに口にしたものの、彼女はぎょっとした顔で振り向いた。

その瞬間、玄関の段差に足を取られ転びそうになり「ひゃあっ」と悲鳴をあげる。

「大丈夫か？」

咄嗟に抱きとめ、彼女を支える。

俺が旦那代わりじゃ、蹴躓《けつまず》くほど嫌なのだろうか。ちょっと傷ついた……。

「そこまで嫌がらなくても」

すると彼女は「っち、違……」と慌てて体を離し立ち上がる。

「嫌とか、そういうんじゃなくて、む、むしろ――っ、な、なんでもない！」

逃げるように玄関で靴を脱ぎ、リビングに引っ込んでいってしまう。

変に気を遣わせてしまい申し訳なさを感じつつ、俺も靴を脱いだ。

「あとひとり、挨拶しておかなきゃな」

リビングを通り抜け居間に向かい、仏壇の前に膝をついて線香をあげた。彼女がうしろからやってきて、俺の隣に座る。

「約束通り、俺が真誉のそばにいる。安心して休んでくれ」

そう遊真に声をかけると、彼女は「北斗さん、ありがとう」と目を閉じて、遺影に向かって手を合わせた。

そして和やかな同居生活が始まった。

「北斗さん、見て！」

キッチンに手招かれ行ってみると、調理台の上にアーモンドが敷き詰められた板のような焼き菓子が置かれていた。

パン切り包丁で細かな四角形に切っていく。表面が艶々していて、生地はサクッとした硬さがある。

「おいしそうだな。クッキー……なのか？」

「フロランタン。聞いたことない？」

「ああ、名前は知ってる。食べてもいい？」

「もちろんどうぞ。あ、でも、高カロリーだから食べすぎないように気をつけてね」

食べてみるとまだ少し温かく、クッキー生地の甘さとアーモンドの香ばしさが口の中いっぱいに広がった。

「うまい。甘いけど、しつこくないな」

「この上からさらにチョコレートをコーティングしようと思ってるの。だから、今は甘さ控えめ。完成形は当日にあげるね」

その言葉でようやく明日はバレンタインデーだと気づく。

「ありがとな。すごい量だけど、ほかは友達に？」

「うん。友チョコ用。学校のみんなに配ろうと思って。当日はチョコパーティーになると思うな」

彼女が苦笑する。食文化を学ぶ子たちだから、さぞ気合いの入ったチョコパーティーになるだろう。

「あ、でも、北斗さんにはもっと特別なの用意するつもりだから。楽しみにしてて」

「特別？　これだけでも充分嬉しいが――」

「ダメ！　北斗さんには友チョコじゃダメなの。当日のお楽しみ」

「あ、ああ……」

こだわる彼女に驚きながら、俺はキッチンをあとにした。本当に気持ちだけでも充分なのだが、何を用意する気なのだろう。

翌日のバレンタインは一日勤務で、家に帰れたのは十五日の昼だった。

現場で働く消防士は朝八時半から翌朝八時半までの二十四時間勤務と決まっている。

しかし、仕事を上がる時間に出場が重なると、残業になってしまう場合がある。

その日、いつもより三時間程度遅く家に着くと、迎えてくれた彼女は涙目だった。

「真誉？　どうした、何かあったのか？」

「その……帰りがいつもより遅かったから。お兄ちゃんにお祈りしてたの。北斗さんを守ってあげてって」

リビングに線香の香りが漂っていることに気づく。居間の仏壇にロウソクが灯っていた。

「勤務が明ける直前に出場司令があって、現場に行ってたんだ」

「そっか。……そうだったんだ。無事に帰ってきてくれてよかった」

彼女は気が抜けたのか、すとんと肩を落とす。

「……その。つい、何かあったんじゃないかと思って」

濡れたまつ毛をぱちりと瞬かせる。きらりと輝く涙の痕に胸がずきりと痛んだ。

「心配、してくれてたのか？」

控えめに微笑む彼女を見て、まだ兄の死から立ち直れていないのだと悟る。

帰宅の遅い俺に、帰ってこなかった兄を重ねていたのだ。彼女の傷を再び抉《えぐ》ってしまった。

「ごめんな」

思わず、彼女に手を伸ばし背中から抱きすくめた。愛おしくて、申し訳なくて、感情が揺さぶられる。

「北斗さん⁉」

「不安にさせてごめん。怖かっただろ」

すると彼女は、俺の腕をきゅっと抱きしめ丸くなった。

「嫌な記憶が蘇ってきたの。大丈夫だろうってわかってるのに、止められなくて」

余計にいたたまれなくなり、苦しみを上書きするように彼女を包み込む。

泣きながら待たせるようじゃ、遊真との約束を果たしたとはいえない。兄を奪った消防官という職に就く俺では、彼女を心の底から幸せにはできないのかもしれない。

葛藤が伝わってしまったのか、彼女はハッとして顔を上げた。

「あの、北斗さん。お腹減ってない？　もうすぐお昼だし」

話題を逸らすよう切り出す。無理をしているのがバレバレで、だが気遣いを無下にもできず、俺は「ああ」と頷き腕を解いた。

「すぐに用意するから待ってて。このあと休む？　消化にいい食事のほうがいい？」

「いや、昨晩は仮眠が取れたから大丈夫だ。普通に食べるよ」

夜中に出場司令が下れば、仮眠中だろうとすぐさま現場に出なければならない。だが昨晩は幸い何事もなく、それなりに睡眠が取れた。

彼女はキッチンに立ち粛々と調理を進める。集中していると不安も和らぐのだろう。

牛肉と野菜をたっぷり載せて作った韓国風ピリ辛粥《がゆ》を完食すると、彼女はおずおずと切り出した。

「あのね。渡したいものがあって」

彼女が棚から取り出してきたのは、綺麗にラッピングされた小箱だ。

「一日遅れちゃったけど、バレンタイン」

「ありがとう。もしかして、特別って言ってたやつ？」

「うん。北斗さんには、今の私が作れるお菓子の中で最高のものを渡そうって決めてたの」

それって本命ってことか？と尋ねかけ、いちいち確認するのも無粋だと口を閉じる。

これまで兄に渡していたものが俺に回ってきただけだ。ありがたくその役割を引き継ごう。

ラッピングを解くと、中にはふたつのチョコレート菓子が入っていた。

ひとつは先日のフロランタンにチョコレートがかかったもの。もうひとつは高級品と間違わんばかりの、手の込んだチョコレートだった。

サブレの上にチョコゴーティングとドライフルーツ。トッピングに使われているプレートは、花びらひとつひとつが丁寧に手作りされた芸術作品だ。

「これ、本当に真誉が作ったのか？」

「製菓専攻の友達に習って作ったの。ちょっといびつになっちゃったけど……」

「いや、すごく綺麗だ。プロが作ったようにしか見えないよ」

彼女が「ここ」と花びらの一部を指さす。たしかに少し大きさが違うような気もしたが、それも味わいと言われれば納得だ。

「本当に俺が食べていいのか？　なんだかもったいないんだが」

「北斗さんのために作ったのよ？」

テーブルに身を乗り出して、大きな目でじっと見つめてくる。

真っ直ぐで純真な眼差しに、不覚にも胸が熱くなっていくのを感じた。

「じゃあ、ありがたくいただくよ」

彼女がはにかむようにこくりと頷く。

サクッとしたサブレにビターチョコのほろ苦い甘み。プレートは抹茶とイチゴで風味が華やかだ。

「おいしい。俺向けに、甘さ控えてくれたんだ？」

彼女は「うん」と小さく呟いて、頬を染めてうつむいた。

かわいいな、と笑みがこぼれる。遊真がシスコンになるわけだ。

「本当にすごいよ。大変だったんじゃないか？」

「大変だったけど、楽しかったよ。製菓にも興味があったし、いい勉強になった。今後も役立つだろうから――」

すると、少々考え込むように首を傾げたあと、俺に向き直った。

「じつは卒業したら、カフェを開こうと思っているの。経営に詳しい友人が開業の手続きや経理を引き受けてくれるって。私は店のコンセプト立案やメニュー作りを任されてるんだ」

キラキラと表情を輝かせて語り始めた彼女に、驚いて絶句した。つい数カ月前まで絶望に打ちひしがれていたはずなのに、今はもう未来に目を向けている。

なかなか立ち直れないだろう、そう思っていただけに、彼女の成長が嬉しかった。

「偉いな。ちゃんと先のことを考えてるんだ？」

「それはみんな同じよ。就職組は就活が始まるし。卒業したら自力でお金を稼いで生きていかなきゃいけないんだから。いくら北斗さんがいるからって甘えるわけにはいかないもん」

守ってやらなきゃなんて、偉そうなことを考えていたが、彼女はとっくに前を見て歩き始めようとしている。

「応援してる」

想像以上に自分は非力で、そばにいて見守るくらいしかできないが、できる限り寄り添ってやりたい。

すると彼女はにっこりと笑って言った。

「ありがとう。北斗さんが見ててくれるって思うと、頑張れる」

はにかむような初々しい笑顔に不意を突かれる。

「このチョコレートも張り切っちゃった。お兄ちゃんにだって、こんなに頑張ったチョコ、あげたことないんだから」

照れながら言う彼女に「そうなのか？」と間抜けな声を出す。

「もちろん。そこはやっぱり、見栄っていうか。お兄ちゃんと北斗さんじゃ違うよ」

きゅっと手を握って、気合いを入れるような仕草をする。

「北斗さん、すごくモテるんでしょう？　ほかの人には絶対負けたくないって思ったの。これまでもらったチョコレートの中で一番になりたいなって」

きょとんと目を丸くする。兄の代わりに回ってきたチョコレートだと思っていたのだが、どうやら違うらしい。

かわいいなあと参ってしまい、苦笑する。もしも同世代の女性からこんなことを言われたら、好意を持ってしまうかもしれない。

幸い彼女はまだ二十歳を過ぎたばかりの女の子で、学生で、妹のような存在だ。

こんなに愛らしい彼女にやましい気持ちを覚えなくてよかったと安堵する。

「ああ。間違いなく一番だよ。こんなに立派で、気持ちのこもったチョコ、もらったことない」

「本当？」

「本当だ」

「よかった……」

彼女がほうっと息をついて安堵する。その無垢《むく》な表情を見ていると、世界には自分と彼女しかいないような錯覚を覚える。

「もうほかの女性からチョコは受け取れないな」

なんの気なしに漏らした言葉に、彼女がテーブルの上に身を乗り出して食いついた。

「ほ、ほんとに？」

どうしたのだろうと首を傾げながら「ああ」と頷く。

「私、来年も頑張るから、待っていて。それから――」

顔色をうかがうように、おずおずとこちらを見上げる。

「来年からは、十三日に渡してもいい？」

思わず息を大きく吸い込み――ぷっと吹き出した。フライングはほかの女性に牽制《けんせい》でもしているつもりなのだろうか。かわいい独占欲だ。

「オーケー。待ってる」

彼女はほこほこと嬉しそうな顔をして食器を洗いに行った。残りのチョコを口に運びながら、温かい気持ちでその背中を見守る。

……俺も結構、参っていたはずなのにな。

親友を失った悲しみと、いつ自分が同じ目に遭うかわからないという漠然とした緊張感に、心がどこかひりついていた。なのに――。

彼女と暮らすようになって、気持ちが柔らかくなった。心に余裕ができた。彼女の笑顔を見るたびに、癒やされていく自分がいる。

俺ばっかり悪いな遊真。想像以上に毎日が幸せだよ。

亡き幼馴染に想いを馳《は》せ、最後のひとくちを頬張った。

それからあっという間に月日が経ち、真誉は専門学校を卒業した。

卒業式の日。運悪くその日は勤務で、袴姿《はかますがた》を直接目にするのは叶わなそうだ。あとで写真を見せてくれと頼んだ。

その日の夕方、消防車両の点検のため一階駐車場へ出ると、消防署の前を袴姿の一団が横切り、思わず目が吸い寄せられた。どこの学校も今日は卒業式らしい。

ふと数歩遅れて歩く女性に目を向ければ、華やかにセットされたハーフアップスタイルに、紅色の着物、藍色の袴。

「っ、真誉⁉」

こちらをきょろきょろと見回しながら歩く彼女と目が合って、思わず声が漏れてしまった。

彼女はあっ、と驚いたような顔をして一瞬喜ぶも、勤務を邪魔してはいけないと思ったのか、そそくさと足を速める。

「真誉！」

同僚に「悪い」と声をかけ、彼女のもとへ走っていく。

気づいた彼女は立ち止まり、慌てて大きく頭を下げた。

「ご、ごめんなさい！　邪魔するつもりじゃなかったの！　ただ、ちょうど通りかかったから、北斗さんもいるかなって覗き込んじゃって」

彼女は申し訳なさそうに、足をもじもじさせている。

家は逆方向だし、会える保証もなかっただろうに、通りかかったという表現に苦笑する。

「ああ。すぐに勤務に戻るよ。だがその前に、せっかくだから袴姿を見せてくれ」

彼女はパッと顔を上げると、照れくさそうに両手を広げ、くるりと一回転した。

淑やかな和装がとてもよく似合う。情熱的な紅色も、上品な藍色も。大きな牡丹《ぼたん》のかんざしもくるくると巻かれた髪が肩にかかって良家のご令嬢のようだ。大きな牡丹のかんざしも愛らしい。

メイクは大人っぽくて、もとより綺麗な顔立ちをしているが、美しさが増している。

「すごく綺麗だ。見られてよかった」

彼女はふふっとはにかむと、これ以上邪魔してはいけないと気を遣ったのか、「お仕事、頑張ってね」と言い残しそそくさと帰っていった。

余韻に浸るように深呼吸をする。彼女の袴姿が――笑顔が見られてよかった。

切り替えて勤務に戻ろうと振り返った、そのとき。

「勤務中に女にうつつを抜かすたぁ、いい度胸だ」

目の前に怒気を纏った八尾隊長がいて、さすがにまずいと凍りついた。

「申し訳ありませんでした！」

腰を九十度に折って頭を下げると、隊長は頭をガリガリとかきながら「お前じゃなかったらスクワット百回やらせてたところだ」とぼやいた。

「……やりましょうか？」

「いらん。お前は余裕だろうが」

余裕とまではいかないが、懲罰にならないのは確かだ。

隊長は「それにしても」と意外そうな顔をこちらに向けてきた。

「仕事人間でクソ真面目なお前に、あんなに若い彼女がいるとはなあ」

叱るよりも茶化すほうが面白いと踏んだらしい。俺はひとつ咳払《せきばら》いして答える。

「恋人じゃありませんよ。あれは遊真の――乙花の妹です」

乙花――その名前を聞いて、隊長の表情がぴくりと動いた。

「乙花の……。そうか。あの事故は悲惨だったな」

レスキュー隊に所属する前、俺と遊真はともに隊長の世話になっていた。遊真の命を奪ったあの忌まわしい事故については、まだふたりの記憶に新しい。

町工場で起きた火災。当時、現場に一番近かった遊真の所属するレスキュー隊が第一出場した。

第二出場隊として俺や八尾さんが現場に到着したのは、彼らが建物内部に先行して五分後。

俺たちが進入の準備をしている最中、工場内の機材に引火し、大きな爆発が起きた。

「あのとき、あと数分早く現場に着いていたら違った結果になっていたかもしれないと、今でも悔やまれます」

「バカ言え。そうしたら俺やお前も死んでいたかもしれない。あれは指揮隊の判断が誤ってた」

隊長がチッと舌打ちする。世話をした部下に死なれて、やりきれない思いを抱えているのは彼のほうだ。

「要救助者がいるからって、隊員の命が危険に晒《さら》されちゃ元も子もない。お前もよくわかっているだろう」

助けられない人間もいる、それが現実だ。レスキュー隊に配属され、嫌というほど遺体を見てきた。

火災で母を失いレスキュー隊を恨んだものだが、実際自分がその立場に立つと、見方がガラリと変わってくる。

黒煙が立ち込め視界はゼロ。光の届かない屋内で、どこに倒れているかわからない人間を探し出し、救助する。それがどれだけ難しいか。

すべての命を救えるほど、人間は全能ではない。

「……ですが、あのとき乙花が救助に向かったおかげで救われた命もあります」

少なくとも、無茶な救助のおかげで助かった人間がいた。

「とはいえ、正しいとは言えない。運がよかった悪かったで片付けちゃいけないんだよ、俺たちの仕事は」

そのために俺たちは日々学び、訓練を積んでいるのだ。救助の成否が運に左右されないように。

そして俺は、せめて助けられる命を助けたいと、今ここにいる。優秀なレスキュー隊員になることが母へのせめてもの弔いだ。

「それにしても、乙花の妹さんが元気そうでよかった。両親もいないんだろう？　兄貴の代わりによくしてやってくれよ」

俺の肩にポンと手を置く。

「もちろんです」

力強く頷きながらも、目を合わせられなかったのは、彼女が忌み嫌う消防官という仕事を辞められずにいるからだ。

この仕事に就く限り、彼女を幸せにはできない。

だが、今ここでこの仕事を辞めるわけにはいかないのだ。亡くなった母のため、これから俺が救うであろう命のため、俺はこの仕事を続けたい。

強い意志を持ちながらも、心のどこかで彼女への申し訳なさを感じ続けていた。

それから彼女は、友人とともにカフェを開業し、日々一生懸命働いている。経済的にはもうすっかり自立した。

だが、俺に見せる笑顔は変わらずあどけない。

「北斗さん、見て！」

キラキラした表情で俺に新作メニューを披露する。

「うん。おいしそうだ。早く食べたい」

「ほかの料理もすぐ準備するから待ってて！」

ささやかながら幸せな同居生活を送っている。

唯一困るのは、新しく買った服を見せられたときで。

「かわいい。似合ってる」

「北斗さん、本当にそう思ってる？　かわいい以外、聞いたことがないんだけど。お料理はちゃんと批評してくれるのに、服の感想は適当じゃない？」

「本当にかわいいんだから、それ以外言いようがないんだよ」

眉を下げて答えると、彼女は背中を向けて不満そうに愚痴を連ねた。

「もうちょっと……綺麗とか、大人っぽいとか……そういう感想も……」

それで今回は珍しく、タイトスカートや透け感の強いシャツを着ているのか。

だが、気づいていてもかわいい以外は言いようがない。

「何か言ったか？」

「べ、別に、言ってないよ」

わざと知らない振りをすると、彼女はちょっと拗《す》ねたようにとぼけた。

「で、その格好でどこに行くんだ？」

「？　とくに決めてないよ」

男とデート、なんて言われなくてホッとしている自分がいる。綺麗、大人っぽい、そう思ってもらいたい対象が俺だけで安堵した。

「休みが合うようなら、買い物でもしに行こうか。付き合うよ」

彼女が目をキラキラと輝かせながらバッと振り向く。

「うん！」

その笑顔は、まだ誰のものにもなっていない。

毎日そんなやり取りが続いて、温かく優しい時間が俺たちを包み込んでくれる。

こうやって一日一日と過ごしていくうちに、まるで世界がふたりだけの美しい箱庭のように思えてくる。

この慈しむように穏やかな感情が愛なのだろうか。

この時間が永遠に続けばいいと、彼女を手放したくないと思ってしまう。

だが、彼女が泣きながら俺の帰りを待っていた日を思い出すたびに、見誤ってはならないと自戒する。

俺では彼女を幸せにできない。相応《ふさわ》しい男がいるはずだ。そんな存在が見つかるまで、決して理性を崩してはならない。

少しずつ妹だった真誉が女性に見えてきて、これ以上、見ない振りはできそうにない。女性として好意を抱いてしまうのは、時間の問題かもしれない。

結果、俺は宙ぶらりんなまま、真誉を跳ねのけることも、受け入れることもできずにいる。

仕事帰りの彼女を迎えに行き帰宅した。時刻はすでに十一時を過ぎている。

「明日は休みか？」

強引にラブホテルに連れ込まれそうになった恐怖が抜けきっていないのだろう、まだ引きずっているような顔だ。

ゆっくりとこちらに向き直り、控えめに微笑んだ。

「店は定休日だけど、在庫の確認とか打ち合わせとかいろいろあって、昼前には出るつもり」

「そうか。じゃあ、早めに休むといい」

「うん。そうする」

彼女は自室に向かう。階段に足をかけたところで振り向き、「北斗さん」と声をかけてきた。

「迎えに来てくれて、ありがとう。本当に嬉しかった」

今にも泣きそうな、儚げな笑みを浮かべる。

「ああ」

傷ついているのは、あの質の悪い男のせいではなく、俺のせいかもしれない。

彼女を見送ったあと、居間に向かい仏壇に手を合わせる。

「悪い、遊真。どうしたらいいのか、わからなくなった」

ふうっと線香が漂ってきて、遊真に叱られている気がした。

あいつなら、まどろっこしいことは考えるなと言うだろう。妹だけでなく、俺の幸せも願ってくれるに違いない。だが――。

「本当にそれが正しいのか、わからないんだ」

助けを求めるように吐露し、情けなく背中を丸めた。

「ごめん！　本当にごめん」

翌日。優多さんが手を合わせて深々と頭を下げてきた。

「三津屋がすごいゲスなことしたんだって？　変な男紹介して、本っ当にごめん！」

「だ、大丈夫だから！　頭を上げて？」

今日は定休日。店のど真ん中で平謝りする彼女の顔をなんとか上げさせる。

「あいつ、たしかに酔うと調子よくなっちゃうところがあるんだけど、でもまさかそんなひどいことするヤツだとは思わなかった。大学の頃は、もうちょっとまともだったと思ったのに」

「ちなみに、誰からその話を聞いたの？」

「美波が陰から見てたらしいんだ。三津屋の態度が怖くて、助けに入れなかったんだって」

ああ、と私は昨夜の出来事を思い出す。そういえば三津屋さんは、美波と飲みに行ったって言ってたっけ。

彼女も三津屋さんが悪酔いしていると気づき、逃げ出したクチなのかもしれない。

「美波がふたりのあとをこっそり追いかけたらしいの。ラブホの前でいよいよまずいってなって警察を呼ぼうとしたときに、真誉の知り合いっぽい男性が助けに入ってくれたって。……それって、北斗さんだよね？」

私は苦笑して頷く。優多さんは複雑な表情で嘆息した。

「ごめんね、怖い思いさせて。美波もかなりショック受けてた。二度とあいつには女の子紹介しないし。ていうか、もう二度と会わないし！」

嫌悪感をたっぷり込めて言う。彼女だって、三津屋さんを信頼して友人に紹介したわけだから、裏切られた気分なのだろう。

「十倉のほうは見ての通り真面目だから、女性に乱暴な真似はしないと思うんだけど」

「うん。でも、次のお誘いはお断りしたの」

昨夜遅く、十倉さんからチャットメッセージが届いた。

【今日はありがとう。楽しかった】【来週、ご飯でもどう？　次はふたりで】――気持ちはすごく嬉しかったけれど、曖昧な態度はよくないと思いお断りした。

「せっかく紹介してくれたのに、ごめんね」

「なんで私に謝るの？」

「優多さんの顔を潰しちゃったかなって」

「関係ないない！　付き合う付き合わないは当人の勝手！　っていうかむしろ、微妙な男紹介して謝りたいのはこっちのほうだし。それに――」

優多さんが腕を組んでうんうんと頷く。

「北斗さんにピンチを救ってもらった直後に、ほかの男と付き合おうなんて気分にはならないでしょ」

的確に心中を読まれて、ぎくりと硬直する。同時に、優多さんが北斗さんを気にしていたと思い出した。

「で、でも、私、北斗さんとはそういうふうにはならないから安心して！」

「安心って、何を？」

「優多さん、消防士の彼氏が欲しいって言ってたじゃない？」

「や、やあねえ、たとえ話よ。北斗さんのことを言ってるわけじゃないのよ？」

彼女がちょっぴり裏返った声で弁解する。じゃあ誰のことを言っていたのだろう、なんだか怪しい。

「私はいいの！　それより真誉よ、こじれすぎて前にもうしろにも行けなくなっちゃってない？」

鋭く指摘され、私はうっと目を逸らす。優多さんは神妙な顔をして腕を組んだ。

「まあでも、北斗さんが真誉に手を出しにくいのはわかるわ。真誉のお兄ちゃんから『妹を頼む』って言われてるんでしょ？」

納得したように頷く彼女を、私は首を傾げて見つめる。

「簡単に手を出したりできないわよ。ましてや、幼い頃からよく知ってる間柄なのに、突然オオカミに変身なんて普通の神経じゃ無理。一緒に暮らしてた善意の四年間を否定するようなものだもの」

「そう……だよね」

自分の気持ちにばかり必死になって、北斗さんの立場をよく考えていなかった。

私をそういう目で見るのは、私や兄への裏切りと感じても不思議じゃない。

「だから、本当に今の関係を壊して前に進みたいって思うなら、あんたから一歩を踏み出さなきゃ」

「う、うん……」

とは言うものの、昨夜、その一歩を踏み出して拒まれてしまったばかり。気まずくなり、無理やり話題を逸らした。

「とにかく、ほら、新作の反省会やるんだよね？　このあと在庫の確認もしなくちゃだから、時間がなくなっちゃうよ」

優多さんは「ええ、そうね」と眼鏡をかけてノートパソコンを起動した。

「新作自体は好評だったけど、手が込んでる分、手間も原価もかかるから、どうしても値段が跳ね上がっちゃうのよねぇ」

「特別感が伝われば、値段に納得してもらえると思うんだよね。キャッチコピーやメニューの書き方を変えてみる？」

「もしくは、見た目をわかりやすく華やかにしてみようか？　ローカロリーローコストの食材をもう少し盛れない？」

彼女とやり取りしながら、頭の片隅で彼を思う。

昨夜の濁すような態度は、彼の優しさだ。私が傷つかないように精一杯言葉を選んでくれていた。

この気持ちはもう一度、見ない振りをして閉じ込めたほうがいい。

もやもやとした思いを抱えながら、ごまかすように仕事に集中した。

反省会が一段落すると、私は店舗の奥にある倉庫にこもって在庫の確認を始めた。

タブレット端末片手に、資材をひとつひとつ検品する。

六畳程度の細長い部屋にラックを敷き詰め、資材をぎゅうぎゅうに詰め込んでいる。段ボールの上に段ボールが積まれているから確認も少々手間取る。

手前は常温の食品で、中央は紙ナプキンやストロー、テイクアウト用のカップなどの消耗品。奥には季節ごとの装飾品のような、めったに取り出さない備品が保管されている。

そして、部屋の一番奥にはなぜか非常階段へ繋がるドアがある。

以前入っていたテナントがこんな構造に改装したようだ。この狭い雑居ビルで空間を有効活用するため、非常階段への通路を倉庫にしたのだろう。

「真誉〜。私、ちょっと銀行と郵便局に行ってくる」

ドアの向こうから聞こえた声に、私も「いってらっしゃーい」と声を張り上げた。

黙々と作業に集中し、一時間くらいは経っただろうか。

まだ優多さんのただいまという声かけがない。月末に近いから銀行も郵便局も混んでいるのかもしれない。

集中力が途切れてきたのか、ふとした瞬間に彼の言葉が蘇ってきた。

『真誉以上に大事な女の子なんていない』

そう言いながらも拒んだのは、本当に私のためだろうか。単に私に女性的な魅力が感じられなかっただけなのかも。

考えても仕方がないのに、悩んでしまう。

「万一、もしも万一、北斗さんも私のことを好きでいてくれたとしたら……」

それでも私を拒む理由に、ひとつだけ心当たりがある。

「私が消防官である彼を受け入れられないから……？」

過去に『どうして自ら危険な職業に就くんですか』と責め立ててしまったことがある。私が消防官という仕事を忌諱《きい》していると、彼はよく知っている。

だが今だからこそわかるのは、責任ある職務に就く、頼もしくて志の高い彼でなければ、好きになっていなかったかもしれないということ。

「私は矛盾しているんだわ……」

私が向き合うべきなのは彼ではなく、自分自身だ。

整理できない気持ちを抱えたまま、確認作業を続けていると。

「……なんだか焦げ臭い？」

火の気などあるはずもないのに、燻《くすぶ》るような匂いが漂ってきて、眉をひそめる。

一応倉庫内を確認するが、異常はなさそうだ。

そのとき、ドアの外にある火災報知器のベルが鳴りだした。

「倉庫じゃなくて、店のほう？」

ふと先日のボヤ騒ぎを思い出し、まさかと蒼白になる。

おそるおそるドアを開けると、開いた隙間から灰色の煙が吹き込んできたので、慌ててドアを閉めた。

「ゲホッゴホッ……」

思わず口もとを押さえてうずくまる。煙を真正面から浴びてしまい、喉も目もヒリヒリと痛い。今の煙の量。おそらく、客席側は煙が充満している。

「今度こそ、ボヤじゃない」

本格的な火災だ。

火元はここ、三階だろうか。もしほかの階から出火したのなら、三階に煙が回る前にどこかの階の火災報知器が作動しているはずだ。

「でも、今日は一度も火を使っていないから、キッチンから出火したとは考えにくいし、優多さんもまだ帰ってきていないはず」

なぜ火が上がったのかわからない。電気系統がショートでもしたのだろうか。

いずれにせよ、何もわからないこの状況で、ひとりで消火活動に行くのは危険だ。

逃げたほうがいい。

内階段からの避難は難しいだろう。この部屋に非常階段に繋がるドアがあったのは幸いだった。

「とにかく、避難しなくちゃ」

急いでドアを開け、非常階段の手すりの隙間から階下を覗き込むと、二階の窓から黒い煙が噴き出しているのが見えた。

勢いから見て、三階より二階のほうが火に近そうだ。

「火元は二階なの？」

それにしては火災報知器の鳴るタイミングが遅すぎる。まさかまた報知器に細工がされていた……？

「これ以上、煙がひどくなる前に逃げないと」

窓から噴き出す黒い煙はまだ非常階段を覆いつくしてはいない。通り抜けるくらいならできそうだ。ポケットからハンカチを取り出し口に当て、階段を駆け下りる。

白い煙をかき分け、下の階に向かおうとしたところで――。

「これって……！」

つい数週間前に撤去してもらったばかりの段ボールが再び積み上がり、行く手を塞いでいた。

押してもびくともしない。狭い階段に無理やり詰め込んだせいで、手すりに角が引っかかっているのかもしれない。

噴き出す煙の量が増えてくる。真っ黒な煙に巻かれそうになり、たまらず三階に引き返した。

逃げるように、もといた倉庫に飛び込んでドアを閉め、けほけほとむせながら大きく息を吸い込む。

ここなら外よりは呼吸がしやすい。少し焦げ臭い匂いが漂ってきているけれど。

「どうしよう……」

逃げ道がない――。

しばらくすると、客席側のドアの隙間から、灰色の煙がじわじわと漏れ出してきた。

ここも安全とは言えなそうだ。視界がぼんやりと霞《かす》んでくる。

心なしか息が苦しい。じんわりと滲む汗。部屋の温度が上昇してきている？

できる限り身を低くして呼吸しながら、押し寄せてくる恐怖と闘う。

「北斗さん……」

彼が助けに来てくれると祈るしかない。

ぼんやりと薄れていく意識の中、遠くでサイレンの音が聞こえた。

＊＊＊

署内で救助機材の点検をしていた俺は、突然流れてきたピーピーという司令音に顔を跳ね上げた。

【豊島《としま》区　火災入電中】

火災の通報が入ったのだ。耳にした隊員たちのあいだに緊張が走る。

そして再びけたたましい音が鳴り響き、本司令が通達された。

【出火報　豊島区長崎《ながさき》二丁目――】

消火を担当するポンプ隊、そして俺たち特別救助隊に出場司令が下される。即座に防火服に身を包み、救助工作車の助手席に乗り込みながら、センターから現場の情報を受け取る。

俺はひっそりと息を呑《の》んでいた。火災の通報は、真誉の勤め先のビルだ。

「吉柳隊長！」

五十嵐も気がついたのか、物言いたげに車両の後部座席からこちらに身を乗り出してくる。

俺は平静を取り繕いながら、無線で状況を確認した。

「こちら西池袋《にしいけぶくろ》救助、東京消防《とうきょうしょうぼう》どうぞ」

【こちら東京消防。ビル二階部分より出火、黒煙を上げて延焼中。要救助者、複数の可能性】

「西池袋救助、了解。出場する」

きゅっと無線を握り込み、奥歯をかみしめる。

出火、延焼中との情報。先日のようなボヤでは済まない、本格的な火災だろう。

「到着後、即座に検索準備。消火隊と連携して進入する」

感情を押し殺して隊員たちに指示を出すと、「よし！」という引き締まった声が返ってきた。

今日、カフェやジムは定休日だったはずだ。大勢の客が逃げ遅れるという最悪の事態にはならないだろう。

だが、真誉は出勤すると言っていた。無事に避難してくれているといいんだが。

祈るような気持ちで現場に到着すると、すでに激しい黒煙が噴き上がっていた。

二階の窓からはちらちらと炎が見え、三階も煙が充満している。

『一階、二階は要救助者ナシとの情報』

『三階に要救助者一名いる可能性。四から六階のオーナーと連絡が取れていない。要救助者の人数、不明』

『三階に延焼を確認。消火隊、援護注水準備！』

指示が飛び交う中、指揮隊のそばで情報提供していたビルの関係者らしき女性が駆け寄ってきた。

「北斗さん！」

よく見ると彼女は、真誉が『優多さん』と呼び懐いている人物。真誉の友人であり、カフェのオーナーを務めている女性だ。

「真誉は⁉」

尋ねると、彼女はふるふると首を横に振った。

「私、留守にしていて……もしかしたら、倉庫にまだ……！」

彼女の言葉に振り仰ぎ、ビルの三階を見つめる。まだ火は奥まで燃え広がっていないようだが、煙がひどくて逃げ場を失っている可能性がある。

「大丈夫だ。必ず助ける」

自分に言い聞かせるようにそう告げる。肌がひりつくような緊迫感とプレッシャー。

そして静かに燃える闘志。

「呼吸器装着！　救助検索準備！」

必ず救い出す、そう覚悟を決めて隊員たちに指示を出す。

「非常階段上の障害物、撤去完了！　進入できます！」

先行していた消火隊が声を張り上げた。通路を塞いでいた荷物の移動も完了したようだ。

「進入開始！」

号令とともに、俺たちは煙の中へと足を踏み入れる。

──真誉、どうか無事でいてくれ……！

十八年前の火災で、母は助けられなかった。優秀なレスキュー隊といえど、すべての人間を救えるわけではない。この立場になって、悔しいほどよく理解できた。

だが、それでも救える命はある。ここで彼女を助けられなければ、俺は何のためにレスキュー隊になったのかわからない。

自らを叱咤《しった》し、隊員たちを率いて非常階段を駆け上がる。

「三階、非常階段側避難口より進入！」

倉庫に繋がるドアを開けた瞬間、真っ黒な煙が噴き出してきた。視界が十センチと確保できないほど有毒な黒煙が滞留している。

「ひどい煙だ……！」

五十嵐がたまらず声をあげる。すぐ隣の部屋では火の手が上がっていて、防火服越しに熱気が伝わってくる。

嫌な予感を覚え、背中に冷たい汗が伝った。

経験上、わかりたくなくてもわかってしまう。もし彼女がこの倉庫内で気を失っているとしたら、無事では済まない……。

「誰かいますかー⁉　救助隊です！　誰か！」

五十嵐と隊員一名が床に這《は》いつくばって、倉庫内に倒れている人間がいないかくまなく検索する。

しかし誰も見つからず、さらに奥の部屋へと進入を開始しようとした、そのとき。

ガシャン、ガシャン！と金属のぶつかり合うような甲高い音が外から響いてきた。

「上……？」

俺は非常階段を仰ぎ見る。

煙が立ち昇る先で、彼女が助けを呼んでいるような気がした。

＊＊＊

熱い。喉がひりつく。息が苦しい。

このまま倉庫内にいたら命はない、そう直感した私は、思い切ってドアの外に出て非常階段を上り始めた。煙に巻かれそうになりながらも、なんとか這い上がる。

四階より上の建物内部へ繋がるドアはすべて鍵がかかっていた。内側からしか開かない仕組みになっているのだろう。

今日はジムも定休日だから、ほかに避難している人もおらず、私はひとり追い詰められるように最上階の六階へ上がっていった。

屋上への出入口も、鍵のかかった格子扉で塞がれていて入れない。端に身を寄せて、助けを待つことにする。

しかし、煙を吸い込んだせいか、次第に頭がぼんやりとしてきた。

火災の死因の多くは一酸化炭素中毒だと兄から教わったのを思い出し、血の気が引く。ここにいれば火に巻かれることはなくとも、煙からは逃れられない。

ふと恐怖が湧き上がってくる。

……私、ここで命を落とすの？

北斗さんの身ならたくさん案じてきたのに、自分が危険な目に遭うとは思ってもみなかった。

命を落とすなんてピンと来ないけれど、当たり前だったはずの日常にもう二度と戻れなくなるなんて──北斗さんに会えないなんて、まるで悪い夢のようだ。

「……北斗さん……」

この数年を思い返してみれば、彼との優しい記憶ばかりが蘇ってくる。

つらいときも、幸せなときも、ずっとそばで優しく見守ってくれた人。兄の代わりであると同時に、兄以上の存在でもあった。

こんなことになるのなら、もっと素直に気持ちを打ち明けておけばよかった。

家族として大好きだと。そして、家族以上に愛していると。

死んでしまったら、この言葉は永遠に彼には届かないのだから。

そう自覚した瞬間、胸の奥底からやりきれない思いが噴き出してきた。

本当にこれでいいの？　なんの気持ちも伝えないまま、終わりでいいの？

私はまだ、あきらめたくない。

「……北斗さんが……助けてくれる──」

騒音の中、消防車のサイレンがひっきりなしに鳴り響いている。あと少し頑張れば、彼が助けに来てくれるはずだ。

私は重たい体に鞭を打って体を這わせると、格子扉に体当たりした。扉が金属のフレームにぶつかりガシャンと大きな音が鳴る。

二度、三度と力の限り肩をぶつけ、激しい音を立てた。

「気づいて……！」

必死に体を動かし続け、私はここだと訴える。

しかし、息を吸い込んだ瞬間、ざらざらとした熱風が気管支に入り込んできて、大きくむせた。

「ゲホッ……ゴホッ！」

途端に呼吸が苦しくなり、意識が朦朧としてくる。

もうダメ……。そうあきらめかけたとき。

「――誉……！　真誉」

遠くから愛しい人の声が聞こえた気がして、目を凝らした。

煙がひどく、一メートル先も見えない。しかし、もたれかかっていた手すりから、誰かが階段を上ってくるような振動を感じた。

顔を上げて大きく目を開けた、そのとき。

「――真誉！」

視界にオレンジ色が飛び込んできて、力強い腕がへたり込む私の体を抱きとめた。

顔を覆う面体の中によく知る鋭い目。今まで見てきた中で一番頼もしく、気高く、猛々しい眼差し。

「もう大丈夫だ」

そう言って彼――北斗さんは膝をつき、私を抱きしめてくれた。

……助けに来てくれたんだ。

恐怖が吹き飛び、未来に光が差す。じんわりと目頭が熱くなり、景色が滲んだ。

ありがとう、大好き。そう言いたいけれど、激しくむせてしまったせいで声がうまく出せない。

唇だけ動かすと、彼はわかったというように頷いて私を抱き上げた。隊員たちと連携し、すぐさま一階へ運んでくれる。

ストレッチャーに乗せられ救急車に向かう途中、駆け寄ってきたのは涙で顔をぐしゃぐしゃにした優多さんだ。

「真誉……！　よかった、真誉ぉ！」

彼女の泣き顔を見て気がつく。北斗さんはこれまで、たくさんの人を救助してきたけれど、救われていたのは救助を待つ当事者だけではなかったのだ。

彼らの帰りを待つ、家族や恋人、友人、同僚。多くの人の心を救ってきた。

なんて誇らしい仕事なのだろう。

ようやく、彼が消防官という職業に価値を見出したわけを知れた気がした。


目が覚めると、真っ白な天井が見えた。部屋は明るいが日はもう沈んだようで、窓の外は暗くカーテンが閉められている。

ここは……病院のベッド？

視線を巡らせようとしたとき、折り畳みチェアの軋む音が聞こえた。同時に、視界に人影が飛び込んでくる。

「真誉！」

オレンジ色の救助服を纏った北斗さんが、横たわったままの私を抱きすくめた。

背中がベッドから浮き上がる。息が詰まるほどの抱擁に、彼が珍しく冷静さを失っているのだとわかった。

「北斗さん……苦しい」

思わず呻くと、彼は「っ、悪い」とすまなそうな顔をして、私の体をベッドの上にゆっくりと下ろした。

「無事でよかった。本当に……よかった」

声を詰まらせながらも少しだけ落ち着いたのか、窓際のチェアを引っ張ってきて座り直し、膝の上で手を組む。

ようやく火災の記憶が鮮明に蘇ってきた。死を直感して恐怖したことも、彼に助けられ嬉しかったことも。

心配してくれていたのだと理解して、彼に向かってゆっくりと手を伸ばした。

「ありがとう。助けに来てくれて」

「当然だ。一番大事な人を助けられなくて、レスキュー隊を名乗れるか」

伸ばした手を彼が握り返してくれる。

『一番大事な人』――そんなフレーズに、とくんと胸が震える。

「ここにいて大丈夫なの？　仕事だったんじゃ？」

「目覚めるまでそばにいてやれって八尾さんが。俺は真誉の、唯一の肉親みたいなものだろうからって」

『唯一の肉親』――大事な人ってそういう意味ねと納得して、どこか切ない思いを抱える。

そんな私を気にもとめず、彼が言葉を続ける。

「俺がレスキュー隊でいること、真誉は反対だったんだろうけれど。今日、心底この仕事に就いてよかったと思ったよ」

そう呟いて、いつになく真っ直ぐで誠実な眼差しをこちらに向けた。

「真誉を助けられた。俺はきっとこの日のためにレスキュー隊員になったんだ」

じんわりと目頭が熱くなる。彼がこの過酷な仕事を選んでいなければ、私の命は今日で終わっていたかもしれない。

「私もひとつ、わかったことがあるんだ」

彼の大きくて温かな手にきゅっと力を込めて、その感触を確かめる。

この手が、これまで何十人、何百人の命を救ってきたんだと思うと、すごく尊く思えた。

「レスキュー隊として活躍する北斗さんが誇らしい。これまでたくさんの人を救って、たくさんの人を笑顔にしてきたんだって、ようやくわかった気がする」

彼が少し驚いたような、はにかんだような顔で私を見つめる。

「私も北斗さんと一緒に闘いたい。たくさんの人を幸せにしたい。私にできるのは料理くらいしかないけれど、私なりに北斗さんを支えられたらって思ってる」

「真誉……」

「もう泣きながら帰りを待ったりしない。北斗さんが帰ってくるのを信じてる」

北斗さんが私の手を額に持っていき、祈るように目を閉じる。覗き込むと、頬がほんのり紅潮していて、喜びをかみしめてくれているのだと伝わってきた。

「ありがとう、真誉」

どこか泣きそうな彼の声。私は「それからね」とすかさず言い募る。

「伝えたいことがあるの。私ね、やっぱり北斗さんのことが——」

好き。世界で一番愛している。ちゃんと言葉にして伝えなくちゃって、助けを待っていたあのとき、実感したんだもの。

振られても構わない、そう覚悟を決めて口を開くと、すかさず口もとに人差し指を押し当てられ遮られた。

「それ以上は言わないでくれ」

驚いて目を瞬く。言葉にもさせてくれないの？

戸惑ったまま見つめていると、彼は参ったような顔で人差し指を引っ込めた。

「その台詞、俺に譲ってくれ。言ったはずだ。一番大事だって」

そう言って私の手を口もとに持っていき、甲に優しいキスをくれる。

温かな唇の感触に、ふわりと体が浮き上がった気がした。

いや、浮いたのは体ではなく心だ。こんな触れ合い方をしたのは初めてだったから、いつもとは違う距離感に、心がふわふわ浮かれたのだろう。

「俺に真誉を幸せにできるのか、その権利があるのか、ずっと悩んでいた。俺と一緒になれば、苦しませてしまうんじゃないかって」

私は首を大きく横に振る。焦って答えを出そうとする私を彼はなだめながら「落ち着けって」と苦笑した。

「でも、どんなに悩んだところで、俺の望みはひとつなんだ」

そう言って私の顔の横に手をついて、影を落とした。

「俺の手で真誉を守りたい。この先ずっと」

熱のこもった瞳に見下ろされ、胸が激しく高鳴る。真摯な眼差しが近づいてきて、同意するように目を閉じた。

「俺が真誉を幸せにする。兄の友人としてじゃなく、男として」

唇に柔らかな感触が触れて、今度こそ心が舞い上がる。

愛していたのは私だけじゃなかった。彼も私を女性として好きでいてくれたんだ。

ちゅっと甘い音を響かせ唇が離れる。

ゆっくり目を開けると、少し照れたような顔が私を見つめていた。でもその瞳はすごく誠実で、彼が真剣なのだと伝わってくる。

「真誉。これからも俺のそばにいてくれるか？」

「もちろん。ずっとそばにいさせて」

ベッドに横たわる私を、彼がそっと抱きしめてくれる。

私を包み込む大きな体に手を回して、その幸せな感触を確かめた。

『家族』の一線を越えるとき

レスキュー隊、消火隊の活躍により、火災による死傷者はゼロ。私は軽く煙を吸い込んだものの大事には至らず、すぐに退院することができた。

出火元はやはり二階だった。態度の悪かった二階のオーナーは、マンションの管理者や他店舗のオーナーから責められ、ようやく謝罪したそうだ。

消防法違反の警告を受け一度は改善したものの、数週間と経たずに再度違反し、火災まで引き起こした。懲りずに再び火災報知機に細工し、発見が遅れ火の手が拡大。

北斗さんいわく、悪質とみなされ重めの罰則が下るのではないかとのこと。

とくに建物への被害は甚大だった。火災後の処理や工事にはしばらく時間がかかるそう。最悪、建て直しになるかもしれない。

当然店を続けられるような状態ではなく、私と優多さんはもう一度ゼロから事業計画を練り、移転に向けて準備を進めることにした。

北斗さんの週休日、私たちは揃って兄の墓参りに向かった。

「俺たちのこと、ちゃんと報告しないとな」

想いを通わせてから一週間が経つけれど、キス以上はしていない。身も心も結ばれるのは兄への報告を終えてからと決めた。

北斗さんはまるで結婚の挨拶にでも行くようなスーツ姿だ。私も彼に合わせて上品なネイビーのワンピースを着た。

「報告もせずイチャついたら、遊真が化けて出そうだ」

「律儀ね。お化けなんて本当は信じてないんでしょう?」

「あいつの場合は特別だ。今でもひょっこり姿を現して、『真誉を泣かしたら許さない』くらい言われそうな気がしてる」

たしかにその通りだなあと、くすくす笑う。本当に妹想いのいい兄だった。北斗さんも親友に筋を通したいのだろう。

「それに、今日は真誉に会わせたい人がいるんだ」

「会わせたい人?」

「ああ。今の真誉ならきっと受け止められる」

いったい誰だろう? 答えを教えてもらえないまま、家から数駅離れたところにある兄の眠る霊園に向かう。

参道を進んでいくと、墓石に向かって手を合わせる喪服姿の男女が見えた。

女性は墓に向かって手を合わせ熱心に黙とうしている。男性のほうは抱っこ紐《ひも》で赤ちゃんを前抱きしながら女性を見守っていた。

彼らは足音で私たちに気づいてこちらに向き直り、並んで深々と頭を下げる。

そこまで近づいてようやく、彼らが熱心に参っていたのは兄の墓なのだと気づいた。

「吉柳さん、ご無沙汰しております」

声をかけてきた女性に、北斗さんも軽く会釈して応じる。

「来てくださってありがとうございます。真誉、こちらは奥村《おくむら》さんだ」

紹介され、私も「はじめまして」と挨拶をした。

私に会わせたかった人とは、彼らなの？

女性は私に対しても深々と頭を下げ、憂いに満ちたなんとも言えない表情を向けた。

「乙花遊真さんの妹さんですね。お会いして、感謝と謝罪を伝えたいとずっと思っていました」

「感謝と……謝罪？」

兄の知り合い？　戸惑い北斗さんを見上げると、すっと眼差しを細め、気遣わしげに微笑んだ。

「奥村さんは、あの事故で遊真に救助された方なんだ」

そのとき、一筋の風が吹きつけて彼女の髪を揺らした。

頬から首筋にかけて火傷の痕。ハッとして息を呑む。

「助けてもらい、本当に感謝しています。ですが、同時に申し訳ない気持ちでいっぱいでした。私は救われたにもかかわらず、乙花さんがお亡くなりになって、ご家族にはなんとお詫《わ》びしたらいいのか……」

女性の目に涙が浮かぶ。男性は彼女をなだめるように肩に手を置いた。

「ですが、どうしても感謝を伝えなければと。あの日、妻が助からなかったら、この子は生まれていませんでしたから」

そう言って男性が赤ちゃんの頭を優しく撫でる。すやすやと眠る愛らしい男の子を見て、胸が熱くなった。

兄の救った命から、新たな命が生まれた。

私はようやく人を助ける、その先にあるものに気がつく。

誰かを救って、それで終わりではないのだ。命も、幸せも、無限に紡がれていく。

「私たち家族を救っていただきありがとうございました。そして、本当に申し訳ありませんでした」

深く頭を下げる彼らに、私は大きく首を横に振った。

「……謝罪など、やめてください」

私は大きな勘違いをしていたのかもしれない。兄は危険な職業に就き、犠牲になったのだと思っていたけれど——そうじゃなかったのだ。

「誇らしいです。兄が奥様を救い、そのおかげでかわいい赤ちゃんが生まれた」

兄は自分の行いに後悔などしていないだろう。天国で彼女の無事を、新たな命の誕生を、祝福しているはずだから。

「きっと兄も、喜んでいると思います」

夫婦は顔を見合わせる。ぐすりと涙ぐむ彼女の背中に手を添えて、男性は静かに切り出した。

「じつは勝手ながら、この子に恩人の名前をつけさせてもらったんです。『遊真』と」

思いもよらない報告に、私は大きく目を見開く。この愛らしい子が『遊真くん』？

「遊真も名前を受け継いでもらって喜んでいるでしょう」

北斗さんの言葉に私も大きく頷く。きっと兄は天国から誇らしげにこちらを見ているに違いない。もしかしたら照れているかも。

「乙花さんのおかげで授かった命です。大切に育てます」

夫婦は私たち、そして兄の墓に深々と一礼し、立ち去っていった。

ぼんやりと立ち尽くす私に、北斗さんは「真誉？　大丈夫か」と覗き込んでくる。

「うん、大丈夫」

背中を押すように風が吹く。胸につかえていたものが取れすっきりとした。ようやく兄の死をきちんと受け止められた気がする。

「お兄ちゃんの死は無駄なんかじゃなかった。意味のある誇らしいものだった。そうわかったから」

北斗さんの大きな手が私の頭にのる。その手を取って握り返し、彼を見上げた。

「ありがとう、北斗さん。ご夫婦に会わせてくれて」

彼らに会えたおかげで、また一歩、前に進める気がする。

北斗さんは柔らかく目を細め、優しく微笑む。

それからふたりで兄の墓に向き合い、交際を報告した。兄の前で北斗さんを恋人と呼ぶのはどこか照れくさく、同時に嬉しくもある。

きっと兄も複雑な顔をして悪態のひとつもつきながら、喜んでくれているだろう。

そんな姿がありありと目に浮かんだ。

「この格好なら問題ないな」

帰り道、北斗さんがそう漏らして立ち寄ったのは、格式高いシティホテル。

天井の高いエントランスホールに足を踏み入れると、豪奢《ごうしゃ》なシャンデリアと巨大なフラワーオブジェが出迎えてくれた。その背後にある二階へと続く大階段は荘厳だ。

「こんなところに立ち寄って、どうしたの？」

「これまで、デートらしいデートもしていなかったからな。交際記念ってやつだ。今夜は奮発しよう」

これまで買い物や食事なら一緒にしたことがあるけれど、デートという意味では初めて。なんだか緊張してくる。

彼が連れていってくれたのは、上層階にある創作フレンチレストランだった。

「ここは予約しないと入れないんじゃ」

「もちろん、してあるよ」

ニッと甘い笑みを浮かべ、受付のスタッフに名前を伝える。スタッフは「吉柳様、お待ちしておりました」と私たちを案内してくれた。

前を歩く北斗さんは背筋がしゅっと伸びていて、歩き方も美しい。スタイルのよさも相まって、立派な紳士に見える。

緊張して肩が委縮している私とは大違いで、店の雰囲気によく馴染んでいた。

……これが私の恋人だなんて。

私にはもったいないくらい素敵な人。釣り合いが取れているのか不安になってくる。

思わず足取りが重くなる私を、北斗さんは「真誉。ほら」と手を差し出してエスコートしてくれる。できすぎた恋人だ。

フロアは一面の窓から夜景が臨める贅沢《ぜいたく》な空間。ガチガチの高級店とまではいかないものの、普段着だったら浮いていたところだ。

……まさかそのためにスーツを？

予約済みだったことといい、スマートすぎて感服してしまう。北斗さんってもしかして、恋人はお姫様扱いするタイプ？

「コースを頼んである。ここのフレンチは一風変わっていて面白いから、きっと気に入ると思うよ」

前菜が出てきて、私はほうっと息をついた。彼の言葉通りこだわりが覗いているし、すごくおいしそう。

「素敵！　創作フレンチだから、こんなに凝っているのかな？」

芸術作品のように大胆な盛り付けがされていて、皿の上で食材が踊っている。

フレンチであり懐石料理のようでもあり、和と洋の要素が混ざり合っていて興味深い。

「真誉も料理を生業にしているからな。ただのフレンチじゃつまらないと思って」

「うん、すごく勉強になる！　お料理がしたくなってきちゃった」

味も繊細かつ独特で美味。こんなやり方もあるのねと創作意欲が湧き上がってきた。

このインスピレーションをカフェのメニューに活かしたい。もちろん、同じにはしないけれど、学べる部分がたくさんあって――。

「北斗さんって、本当に優しいのね」

興奮のまま漏らすと、彼は「え？」と目を丸くした。

「私のために、仕事の参考になりそうなお店を探してくれたんでしょう？」

彼はきょとんとした顔で「ああ、そうだな」と苦笑交じりに答える。

……私、何かおかしなこと言ったかしら？

もの言いたげな彼に違和感を覚えつつ、私はメインディッシュの味つけを確かめる。

すごくおいしくて高級感のある味。お肉とスパイスを調整したら、近い味つけになるかしらと、つい仕事のことばかり考えてしまった。

食事を終えて、彼に案内されたのはホテルの客室だった。

「まさか、部屋も予約していたの？」

しかも、上層階にあるかなり上等な一室。リビングルームと寝室に分かれ広々としていて、それぞれにクラシックな調度品が備え付けられている。

どちらの部屋も一面に広がる大きな窓があり、美しい夜景を一晩中堪能できる。

「考えてみたら、これまで外泊もしていなかったから」

「すごい贅沢。夢みたい……」

「仕事が落ち着いてきたら、旅行にも行こうか」

「うん！」

豪華なホテルでの宿泊も素敵だけれど、ちょっと遠出して観光やアクティビティを満喫するのもいいかもしれない。北斗さんと一緒なら、楽しいに決まっている。

ルームサービスでシャンパンを頼み、ソファに隣り合って座り乾杯した。普段はお酒を飲まない私たちだが、今日だけは特別だ。

「真誉」

シャンパンを飲み終えグラスを置いた彼が、私の脇に手を差し入れ、体をひょいっと持ち上げた。

「ひゃぁっ」

自身の膝のあいだに私を下ろし、背中からぎゅっと抱きすくめる。力強い腕が胸とお腹に回ってきた
「きゅ、急にどうしちゃったの？」

「今日から恋人同士なんだ。普段と違うのは当たり前だろ？」

いたずらっぽい響きを滲《にじ》ませ、耳もとに吐息を吹きかける。

きゅんと胸が疼《うず》き、全身が熱くなってきた。背後から伝わってくる雄々しさに、緊張して息が切れそうだ。

「食事のときに言っていたよな。俺は優しいって」

彼とのディナーを思い起こす。ただ高級なレストランではなく、私が喜びそうな特別感のあるお店を選んでくれたのは、彼が優しくて気遣いができるからこそだろう。

「ええ。私のために、お店を探してくれて――」

「もちろん、真誉を喜ばせたかったのは確かだが。仕事の参考にしてもらうために連れてきたわけじゃないんだぞ？」

思わせぶりな言い回しに、私は「え？」と目を瞬かせる。

「真誉と特別なひとときを楽しみたかったからだ。今以上に距離を縮めたかった。一

応、俺にも下心はあるんだが？」

　そう言って北斗さんは私の首筋に唇を押し当てた。柔らかな感触と温かな息遣いに平静が狂わされる。

「いつまでも優しいだけの俺でいいのか？」

　優しいだけじゃ嫌――そう誘導尋問されているかのよう。

　目の前に越えたい一線がある。一歩を踏み出すかは私次第だ。

　それにしても、こちらの気持ちを見透かした上で私に誘い文句を言わせようだなんて、北斗さんはずるい。

「北斗さんこそ。優しくするだけじゃ嫌なんでしょ？」

「選ぶのは真誉だ。言っておくが、男としての俺は優しくないぞ。ベッドでは手加減なんてできないからな」

　私はうしろに向き直り、彼の頬に触れた。

「それでもいい。北斗さんの特別になりたい」

「言ったな？」

　にやりと笑みを深め、私の顎を引き寄せる。

　唇が近づいてきて、しっかりと重なった。

キスは病院で交わして以来だ。どこかお行儀よかったあの日のキスより、今日のは深くより荒々しく、熱がこもっている気がした。

「んっ……」

彼の舌がゆっくりと、緩慢に、逃げ場なく私の口内を満たしていく。

背中に回された指先がワンピースのチャックを捉える。じわりじわりと下げられ、思わず体が強張った。

「怖いか？」

「ごめんなさい、怖いんじゃないの」

少し驚いただけ。家族の一線を越え恋人同士になる、その事実が嬉しすぎて、まだ実感が湧かない。

「やっぱり、どんなときでも北斗さんは優しいよ……」

体を重ねると決めても、私が怯えないように最大限気を遣ってくれている。

すると、彼は少々癪《しゃく》な顔で目を細めた。

「それは煽っていると受け取っていいんだよな？」

もしかして彼の中では、優しい＝物足りないなの？

「私、そんなつもりじゃ――」

否定する前に唇を塞がれ「むぅっ……！」と喉の奥が鳴った。柔らかな唇の感触と、体を探っていくような指先の動きが連動する。

ふと見れば熱く滾《たぎ》る眼差しがあって、男としての彼が垣間見えた気がした。

彼とどこまでも重なりたい、そんな欲を自分の中に感じ取る一方で、冷静な自分がここはリビングルームで、ソファの上だと囁《ささや》き躊躇《ためら》う。

隣は窓で一面の夜景。外から誰かが覗ける高さではないけれど、なんとなく見られている気がして落ち着かない。

「あの、ここで？」

「寝室に行く？」

究極の質問に顔を熱くして伏せる。寝室に行きたいと言ったら、もうあと戻りはできない。猛る眼差しからは、優しく触れ合うだけでは許さないぞという、強い意思が覗いている。

「……寝室に、行きたい」

選び取ると、彼はふっと口もとを緩めた。

甘いマスクに隠された鋭い視線。まるで逃さないと言われているみたいだ。

……これが男としての彼？

男は夜、オオカミになると優多さんが言っていたけれど、今の彼の目にはたしかに肉食獣めいたギラつきがある。

「了解」

短く呟くと立ち上がり、私の膝を持ち上げ抱きかかえた。

「え⁉ お、下ろしてっ」

「ダメだ。二言は許さない。ベッドまで強制連行」

悪魔のように囁いて、隣室に連れていく。ベッドの上に私を横たえると、照明をわずかに灯して、カーテンを閉めた。

「ここまで耐えた俺を褒めてほしいくらいだ」

そう言って、タガが外れたかのように私の上に覆いかぶさる。

私まで感極まってしまい「北斗さん……」とか細い悲鳴を漏らした。吐息が混ざり、今までにない響きが生まれる。

「そんな声、初めて聞いたな」

彼は嬉しそうに囁いて、私のワンピースに手を伸ばす。もうすでに背中は開いていて、肩口を外し、ゆっくりと下ろしていく。

「あの、あんまりよく見ないでね？」

最初は薄暗くて見えなかったけれど、目が慣れてきたのか、今では彼の輪郭がくっきりと見える。

つまり、彼からも私がよく見えているということで――。

「よく見せてほしいから、あえてこの明るさなんだ。悪いが職業上、夜目が利く」

挑発するように言うから、思わず手をクロスさせて胸もとを隠した。

恥ずかしがる私を、彼は楽しそうに眺めている。

「それに、真誉の裸を見るのは初めてじゃないだろう？」

衝撃的なひと言に、私は「ええ⁉」と目を丸くした。

「ほら。階段から落ちかけたときに」

お風呂上がり、バスタオル一枚で階段から落ちかけて、抱き支えてもらったことを思い出す。

あのときバスタオルがはだけてしまい、彼の腕の中で私は完全に裸だったんだ。

私を支える腕からは、素肌の感触が伝わっていただろう。

「あ、あれはっ……！　でも、北斗さん、全然気にしてないような顔してたじゃない？」

「本当は少しだけ、ドキドキしてたぞ？」

「そうだったの⁉」

とんでもないポーカーフェイスだ。でも彼の、そういうちょっと読めないところも好きだから救いようがない。

ワンピースをおへそまで下ろし、胸から腰にかけてのラインに彼が指先を滑らせる。

「真誉の腰、細いよな」

「あのときのことを思い出して言わないで。いろんな意味で恥ずかしい……」

「じゃあ、今見て言う」

彼は身を引き、お腹に顔を近づけると、唇で触れた。

柔らかな舌と温かな指先がそこを撫でるように動き、たまらずぴくんと体が震える。

「綺麗な曲線だな。俺にはないものだから、余計にそう思うよ」

そう言って自身もシャツのボタンを外していく。あらわになった逞しい体を見て、思わず息を呑んだ。

「私には北斗さんのほうが綺麗に見えているよ。どうしてそんなに大きくて、逞しいんだろうって」

胸もお腹もがっしりとしていて、まるで西洋の彫刻みたいに美的。柔らかそうな部分が全然なくて、上質な筋肉の鎧《よろい》に覆われている。

「鍛えてるからな」

私は片手で胸を隠しながらも、おそるおそるもう片方の手を伸ばし、硬い筋肉に触れた。

ああ、すごく温かくて、滑らかで気持ちがいい。私の肌とは、全然違う。

彫刻のように無機質ではなく、彼の呼吸に合わせて筋肉が躍動している。

「……すごい」

思わず呟く私に、彼がふっと笑みをこぼす。

「こんな体でよければ、好きに触れていいよ」

そう言って、脇腹に触れる私の手を押し付けるように握る。彼の放つ熱にあてられて、溶けてしまいそうだ。私まで体温が上昇していくのを感じる。

「……なら、私のも。よければ……どうぞ」

音にして初めて、なんて恥ずかしいことを言ってしまったのだろうと後悔した。

目は合わせられないけれど、彼が笑ったのを吐息で感じた。

「じゃあ、遠慮なく。いただきます」

そう言って、胸もとを隠す私の手を解く。

料理を食べてもらえるのは嬉しいけれど、私まで食べられちゃうなんて……。

レースの下着一枚になった私の胸をじっくりと眺め、ちらりと赤い舌を覗かせ半開きになった唇を近づける。

まるで捕食されるのを待っているかのようで、心臓が爆発しそうだ。

「ほ、ほんとに食べちゃわないでね……！」

思わず悲鳴をあげると、彼が声を出して「ははっ」と笑った。

「食べないよ。でも、じっくり味わわせてもらう」

そう宣言して、下着のカップの上部から露出した白い肌に顔を埋めた。

彼の唇が吸い付く。ちくりと痛みが走って、赤い痕が残った。

「や……北斗さ……」

再び彼を呼ぶ声に吐息が混じり込む。しっとりと濡れたような、甘ったるい響きだ。

「ん。またその声」

彼が楽しそうに、胸の上で囁く。

「もっと聞かせてくれ」

そう言って肩のストラップを外す。背中に手を潜り込ませて、ホックを解いた。

「あ……待って……」

「これ以上は待てない」

胸を隠していたレースをするりと外し、すべてをあらわにする。緊張からぎゅっと目を瞑《つむ》ると、ちゅっと水音が鳴って、甘い痺れが上半身を駆け抜けた。

「っあん……！」

「もっと聞きたい」

「っ、あ、あぁ……やん……」

腕を押さえつけながら、わざと啼《な》かせるように胸をかわいがる。

意地悪で卑猥《ひわい》なのに、すごく優しい触れ方。心地よさを感じるほどに、じわじわと羞恥心が薄れていく。

女になりきれない頑なな私を導くかのように、感じ方を教えてくれる。

無理やりだけど、救われる。その甘い痺れの先に何があるのかを知りたくなる。

「北斗さん、それ……もっと……」

気づけば淫らな言葉を口走っていた。腕の拘束が外れても抵抗する気力が起きない。

「やっと素直になった」

蕩《とろ》けて緩んでいく私を見つめ、彼がうっとりと舌なめずりをする。

その表情は獰猛《どうもう》だ。早く食べさせろ、そんな強欲な圧さえ感じる。

「いつものかわいい真誉じゃなくて、すごく……綺麗だ」

そう囁いて強く抱きしめ、触れ合いながらワンピースを足もとまで落としていく。

お互い素肌になり肌を擦り合わせる頃には、彼ももう昂りを隠そうとはしなかった。

「愛しているよ、真誉」

荒い吐息とともに熱い言葉で私を絆す。

「私も……愛してる……ああ……」

大きくて硬くて熱い彼の体を受け止めながら、本能のままに応える。

なりふり構わず愛情をぶつけてくる彼は、普段とは全然違う顔をしていて。

それでも私の体を慈しむ仕草からは優しさが感じられる。

「北斗さん……やっぱり、優しい……」

「まだ煽るか?」

「違っ……あ、ああん……!」

優しいのに横暴な彼が愛おしい。猛々しいのに蕩けそうな眼差しが切ない。

私の体でもっともっと気持ちよくなって。

お互いの昂りを幾度も交わらせ、ひたすらふたつの体を繋いで愛撫《あいぶ》を繰り返した。

エピローグ

火災から八カ月。ナチュラルカフェ『グリーン＊Glee』は新天地で規模を拡大し、倍の客席数でリニューアルオープンする。

開店を三日後に控えた店内で、優多さんと私はささやかなパーティーをした。

「さ、乾杯しよう！」

優多さんがドリンクを手に取る。アルコールは扱わない店なので、グラスの中身はフレッシュジュースやスムージー、炭酸水だ。

「北斗さんもどうぞ」

同伴者として招いた北斗さんにビーツジュースを手渡す。

「ありがとう。ビーツジュースなんて、飲むの初めてだ」

「ビーツは栄養がたっぷりなのよ」

そして、優多さんの隣に座る五十嵐さんは、ハーブが香る有機ジンジャーフィズを高く掲げた。

「じゃあ、新たな門出を祝しましてー」

「なんで君が言うのよ。しかも門出って何？　卒業式じゃないんだから」

優多さんが辛辣なツッコミを入れる。

彼女がこのパーティーに『恋人を連れてくる』と言ったときは、どんな人が来るのだろうとドキドキしていたけれど、まさか五十嵐さんが来るとは思ってもみなかった。

優多さんは今年二十九歳。五十嵐さんは二十七歳。見るからに姉さん女房感がひしひしと伝わってきて、私と北斗さんは顔を見合わせてふふっと笑みをこぼした。

以前、彼女が〝消防士が好み〟と言ったのは、北斗さんではなく五十嵐さんを思い浮かべてのことだったそう。

北斗さんに想いを寄せているんじゃないかと勝手な詮索をしてしまい、反省中だ。

「ごめんごめん。でも俺、優多がすごい頑張ってたのを見てたから、こうしてオープンできて感無量っていうか。夜遅くまで書類仕事してたでしょ？　日中は真誉さんと一緒に歩き回って、物件を探してたらしいし」

五十嵐さんの言葉に、優多さんが苦虫をかみ潰したような顔をする。

あれはたぶん、照れているんだ。彼女、真っ向から褒められるのが苦手だから。

「亮一くんって本当に素直よね……。おばさん、ついていけない」

「何言ってるの？　優多もまだまだかわいい女の子でしょ？」

女性を通り越して、女の子扱いするなんて。五十嵐さんって結構な強者だ。

あ、優多さん、照れてる。もしかして嬉しい？　『綺麗』ならこれまで男性から山ほど言われただろうけれど、かわいいと言われるのは新鮮なのかも。

「も、もう！　変なこと言わないでよ」

「ごめんごめん。優多が本当はかわいいのは、内緒だったね」

姉さん女房ではあるけれど、根の真っ直ぐな五十嵐さんが優多さんを包み込む瞬間がある。そういうところが『普通の男じゃ満足できない』という優多さんを射止めた理由なのかも。

「で、では。改めまして、乾杯！」

優多さんの音頭に合わせて四つのグラスがリンと音を立てる。

北斗さんはビーツジュースを口に運び「おいしい」とひと言。

ビーツのほかにもフルーツやスパイスを加え、クラフトワイン風な味わいに仕立ててある。気に入ってもらえてよかった。

そしてテーブルにはリニューアルしたカフェの常設メニューが並んでいる。

「料理の種類が増えたな」

「メニューも客席も従業員数もぐっと増やしたの。かなり頑張ったのよ？」

私の説明に優多さんが鼻高々に乗っかる。

「以前の店で、ナチュラルカフェの需要はよくわかったからね。これからはガッツリ稼いでやろうと思って」

優多さんはメニューを広げて北斗さんに「ほら！」と掲げる。そこには管理栄養士監修の文字。私の写真と紹介文まで載っている。

「カフェ・グリグリのカリスマ管理栄養士爆誕！　真誉の名前をばっちり使わせてもらったわ。今度雑誌に『美人管理栄養士』として載るからチェックしてあげてね」

北斗さんは珍しく驚いた顔でメニューを見つめている。

それを見た五十嵐さんがはははっと笑った。

「恋人としてはちょっぴり複雑ですよね。真誉さんのファンがたくさんできちゃったらどうします？」

「勘弁してくれ……」

北斗さんが沈痛な面持ちで額に手を当てる。優多さんが「大丈夫よ～」とけらけら笑った。

「どんなにたくさん男が寄ってきても、真誉は絶対に浮気なんてしないから。出会って七年になるけど、ずっと北斗さん一筋よ？」

突然恥ずかしいことを暴露され「優多さん……！」と悲鳴をあげる。

「あんなに健気な片想い見せつけられたら、横から手を出そうなんて気にもならなかったわよ。あーあ、私も北斗さん、好みだったんだけどなあ」

肘をついて頬を膨らませる優多さん。北斗さんは苦笑しながら「ありがとう」と何気なくスルー。

そこへ五十嵐さんが割り込んできて、はっきりとした口調で「優多」と呼びかけ、彼女の手を握った。

「まだまだ俺は隊長には及ばないけど、いつか必ず超えて優多を幸せにするから」

一途で頼もしい台詞に、横で聞いていた私と北斗さんまで面食らう。優多さんは参ったように息をついた。

「……北斗さん。この子、こういう台詞を恥ずかしげもなく言うんだけど。おたくの教育どうなってるの？」

「それは俺の教育じゃない」

北斗さんも五十嵐さんのこんな一面は知らなかったようで、困惑している。

五十嵐さんは「ダメですよー、隊長」と人差し指を立てた。

「愛情表現は派手すぎるくらいしないと。思っているだけじゃ相手には伝わりませんから。気づいたらほかの男のものになってたーなんて、ざらにあるんですからね？」

過去に痛い目でも見たのか、そんな熱弁をする。

すると北斗さんは「お前に心配されなくても大丈夫だ」と五十嵐さんを余裕の眼差しで見下ろした。

「言われなくても、愛情表現なら毎日嫌ってほどしてる」

売り言葉に買い言葉なのか、私の肩をぐいっと抱き寄せ、あろうことか額にキス。

「ほ、北斗さん⁉」

彼が人前で惚気《のろけ》るなんて。よっぽど五十嵐さんに煽られたのか、あるいは──。

「へーえ？　毎日どんな愛情表現されてるのかしら？」

優多さんがにや〜っと笑って、ここぞとばかりにからかってくる。

「俺も負けない！」

五十嵐さんは対抗意識を燃やして優多さんに向き直るけれど、即座に「真似しなくていいから」と先手を打たれ、不完全燃焼。

予期せず目にした北斗さんの意外な一面、そしていたずらな眼差しを向けてくる優多さん、悪気なく煽ってくる五十嵐さんに翻弄されて、私はすっかり参ってしまった。

四人で食事をしたあと、北斗さんと五十嵐さんは帰宅。私と優多さんは後片付けと開店に向けた打ち合わせをしてから家路についた。

「もう。北斗さんがムキになって、あんなこと言うから」

あれからずっと優多さんにいじられて大変だったのだ。一足先にシャワーを浴び終え、リビングのソファでくつろぐ北斗さんに物申す。

彼は私を膝のあいだに座らせて、うしろから抱きしめながら、ふたりきりのときにしか発しない甘い声を出す。

「嘘は言っていない」

彼が首筋にキスをしようとするから「ダメよ、まだお風呂に入ってない！」と慌てて制止した。

「別にいい。気にしない」

「私が気にするの！」

必死に抵抗するも、腕が離れていかない。いやいやする私すらかわいいとでも言いたげに、擦り寄ってくる。

これが先ほど彼が口にしていた『愛情表現』の実態。想いを伝え合ってから、彼は私を猫かわいがりするようになった。溺愛は日に日にエスカレートしている。

「それより、雑誌に顔が載るなんて聞いてないぞ？」

不意に北斗さんが不機嫌な顔でこちらを覗き込んでくる。

「五十嵐さんが言ってたこと？　大丈夫よ。私にファンなんてできないって」

「何言ってんだ。俺を落としといて」

彼が覗き込むように首を傾げ、私の顎を持ち上げた。

不意を突くような素早いキスに、真っ赤になって目を瞬く。

「自覚しろ。で、警戒しろ。男はみんな下心があると思っていい」

「きょ、極端よ……！」

たしかに下心のある男性にホテルに連れ込まれそうになった前科があるけれど。

あれはすごく運が悪かっただけ。世の中の男性はもっと善良だ。……と思いたい。

「以前なら、まともな男が寄ってきたら真誉を快く送り出すつもりだったけどな。もう無理だ。誰にも渡さない」

自分のものだと誇示するように私を抱きすくめる。力強くて、苦しくて、でも心地のいい拘束感だ。

日中、みんなの前でした額へのキスも、独占欲の表れだったの？

彼って余裕があるように見えて、じつはそうじゃないのかも。

「私だって、北斗さん以外の男性とお付き合いするつもりなんてないもの」

どんなに素敵な男性が寄ってきたって、彼に敵うはずがない。

するとふっと腕の力が弱まって、彼の表情が暗くなった。

「北斗さん？」

何か心配事でもあるのだろうか、改まって切り出す。

「以前、話に出たよな。ハイパーレスキューについて。先日、正式に内示が出た」

ハッとして息を呑む。レスキュー隊の中から選りすぐりの人材を集め、高難易度の救助を実現する超エリート部隊。そこに彼が配属されるの？

「内示って、こんな時期に？」

人事異動は基本的に四月だと聞いている。まだ六月、一年近くも前から内示を受けるなんて、ちょっぴり異例ではないだろうか。

「今回は少し特殊な事情があるんだ」

北斗さんが私の頭にポンと手を置いて説明する。

「うちの管轄にはハイパーレスキューがまだ存在しない。今後起こりうる大きな災害に備え、新設されることになったんだ。実稼働は来年の四月から。それまでは発隊準備に携わる。八尾さんが部隊長に任命されていて、俺はその下で小隊長を務めることになるだろう」

新たに創設されるハイパーレスキューの初期メンバーに抜擢《ばってき》──それってすごく光栄なのでは？

以前の彼なら喜んで引き受けただろう。しかし表情が曇って見えるのは、私を気遣っているに違いない。

「基本的には、これまでと変わらない。大災害なんて、そうそう起こるものじゃないからな。だが、いざ災害が起きれば、より危険な現場に出向くことになる。海外への派遣もあるかもしれない」

私はきゅっと胸の前で手を握る。

命のやり取りの最前線へ。助からなかったはずの命が助けられるかもしれない。と同時に、彼の身の危険も増す。

「こんなことを言うのは、俺の勝手でしかないが──」

北斗さんが私を抱きしめ、祈るように目を閉じる。

「真誉。俺についてきてくれるか」

ああ、と私は息をつく。彼の懸念はこれだったのか。

私はふっと口もとに笑みを浮かべ、甘えるように体を預けた。

「言ったでしょう？　私は北斗さんを支えたい」

彼の意志を尊重したい。そりゃあ心配ではあるけれど、不安を先回りして嘆くのはもうやめたんだ。彼はそれだけ誇り高い仕事をしているのだから。

「北斗さんにしかできないことがあるって、今ならわかる。北斗さんになら助けられる命がある」

絶望の中、助けを待っている人がいる。自分がそうだったからよくわかる。ひとりでも多くの人を助けてあげてほしいから。

「全力で応援する。それから、北斗さんに負けないように、私も頑張る」

彼の隣で胸を張っていたい。私は私にできることを頑張ろう。

「ありがとう。真誉」

北斗さんは柔らかな笑みを浮かべる。

「でも、忘れないでくれ。俺が一番守りたいのは真誉だ」

そう言って彼は、ゆっくりと私の左手を取った。

反対側の手には、どこから取り出したのか、小さく銀色に光るものがあって。

「受け取ってほしい」

それはプラチナのリング。中央にはダイヤがひと粒輝いていて、これ以上ないくらいの愛が込められているものだとわかった。

「北斗さん……これ……」

「驚かせて悪い。もしも真誉が俺についてきてくれるなら、渡そうと思ってた」

私の左手の薬指にリングを滑らせる。手を掲げると、ダイヤが光を反射してきらりと瞬いた。

「俺はもうこの先、真誉以外とは考えられないから」

穏やかな、でも確かな微笑みに胸が熱くなる。

私を生涯のパートナーに選んでくれた。それがとても嬉しくて、声が詰まる。

「私も。同じ気持ちだよ」

リングの輝きを見つめて、じんわりと幸せをかみしめる。

彼が大好きだ。この先も、ともに生きたいと願う。彼の優しさも頼もしさも、仕事もその矜持《きょうじ》もぜんぶ含めて、今なら愛していると言える。

北斗さんが私を抱きすくめ、戸惑いがちに口を開いた。

「……言い方が古いかもしれないが……毎日、俺の食事を作ってくれ」

思わずふふっと笑みをこぼす。料理が得意な私にとっては最高のプロポーズだ。

「それって、私にしかできないことだよね？」

「嬉しい。私、毎日北斗さんの食べるご飯を用意したい」

きゅっと抱きつくと、彼は笑って私を受け止めてくれた。

「結婚しよう。ずっとそばにいてほしい。ずっと俺を支えていてくれ」

「支えさせて。ずっと北斗さんのそばにいたい」

唇を重ねて誓いを立てる。一度目は探るように軽く重ねて、二度目は深く、お互いの気持ちを確かめ合うように。

私たちの心はひとつだ。きっと手を取り合って、支え合って生きていける。

「もちろん」

END

【番外編】新婚夫婦のデリシャスな休日

「真誉。その手、どかして」

北斗さんの、甘ったるくて横暴な声が降ってくる。有無を言わさぬ眼差しで、私が必死に覆い隠している胸もとに目線を落とした。

「ダメ、こんな明るいところで……。そろそろ起きる時間だし」

時刻はすでに九時を回っているが、いまだ私たちはベッドの中。

いくら休日といえど、そろそろ起きて朝ごはんを食べなくちゃ、生活のリズムが狂ってしまう。

「ようやく予定のない休日にありつけたんだ。たまにはだらだらしたってバチはあたらない」

たしかにこの一年は忙しかった。私はカフェの移転で慌ただしく働いていたし、北斗さんはハイパーレスキューの新設準備に心血を注いでいた。

加えて、双方の親族への挨拶に入籍。大々的な結婚式こそしなかったものの、ふたりだけの挙式をした。

ずっと慌ただしかったから、こんな時間までごろごろするなんていつぶりか。そもそもふたりの休日が重なること自体レアである。

とはいえ——。

「これはだらだらって言えるの？」

家でのんびり映画鑑賞、というのならまだわかる。だが、昨夜さんざん体を重ねて、こと切れるかのように眠りについた挙句、朝から続きをしようというのだ。

もはやフィジカルトレーニングでは？

「真誉は寝転がっているだけでいいよ。俺が勝手に愛すから」

「そういう問題じゃないの」

能動的か受動的かの問題じゃない。すれば気力も体力も使い切ってヘロヘロになるのは避けられない。

「何か不満？」

「朝からこんな明るいところで、いかがわしいことをするなんて不健全」

「俺は最愛の妻を抱きたい。なんなら一日中、その柔らかな肌に溺れていたい。これは不健全か？」

真っ直ぐな瞳でそう問いただされると、もう何も反論できなくなってしまうので困る。

「不健全……ではありません」

「よろしい」

北斗さんは悪意があるんだかないんだかよくわからない綺麗な笑みを浮かべて、再び私の胸もとに狙いを定める。

「わかってくれたところで、その腕を解いてくれ。真誉をたっぷり味わう」

「……せめて恥じらう権利をちょうだい」

「オーケー。たっぷり抵抗してくれ。襲ってやるから」

ガオーと爪を立て、オオカミの真似をして私に襲いかかってくる。

手をあっさりと掴み上げられ、一糸纏わぬ肌が日差しを浴びてあらわになる。

「や……北斗さん」

「真誉のここ、すごくかわいい」

「ダメ、見ないで――」

「なら目を瞑って触れようか」

「あっ……！」

必死に隠していた部分が唇で弄ばれ、温もりに包まれる。途端に私の脳内は、恥じらいモードから求愛モードへ切り替わってしまう。

「それ、触れるって言わない……！」

『真誉をたっぷり味わう』——まさに食すというニュアンスが相応しい。

「好きだろう？」

拒めない私を見透かして、甘い声と目で意地の悪い問いかけをしてくる。私を抱いているときだけ、彼は普段の実直な性格からかけ離れたサディストになる。

「んっ……好き、なんかじゃ……」

「本当に？　やめていい？」

「あ、だめっ」

彼が引っ込めた手を慌てて追いかける。彼の笑みがやたら満足げで悔しい。

「北斗さん、ずるい」

「ずるいのはそっちだ。俺ばっかり悪者にするんだから。本当は真誉のほうがずっといやらしい子なのに」

言い逃れはできない。私の体はすでに彼のそれが好きだと訴えていて、否定のしようもない。

「もう……好きにして」

「なら、遠慮なく――」

彼がいただきますと言おうとしているのがわかったので、せめて捕食される前に先手を取った。

「いただきます」

「君が言う？……まあ、実際食べられるのは俺のほうかも」

言い得て妙だと思ったようで、ふむ、と納得した顔をする。

「じゃあ――真誉。召し上がれ」

そう魅惑的な声で囁いて、自身を差し出す。食べられるものなら食べてみろとでも言いたげな艶っぽい目で私を見下ろす。

私は貪るかのごとく、彼の体を包み込む。

味にたとえるならば、甘くてスパイシーで濃厚。

瞬間瞬間に違う味わいを見せてくれる彼の彩り豊かな表情と体躯《たいく》に、私はたっぷりと魅せられてお腹がいっぱいだ。

私が朝からヘロヘロになってしまったので、ブランチ――というよりほぼランチだ――は彼が準備してくれた。

シンプルなベーコンエッグとサラダ、トースト。昨晩の夕食の野菜スープがあまっていたので温め直す。

「真誉みたいな凝った朝食が出せなくて悪いけど」

そう言って北斗さんはダイニングチェアに座る私に出来立てのコーヒーを持ってきてくれた。

「充分だよ。すごく嬉しい」

大好きな人が食事を作ってくれるって、贅沢な気分。

「俺ももう少し料理を勉強しようか。真誉をもっと楽させてあげられるように」

そう呟きながら彼が料理を運んでくる。私は一瞬考えて「ダメ」と首を横に振った。

「私より上手にならないで」

「ならないよ。そう簡単にプロを追い越せるわけがない」

「北斗さん、料理できるじゃない。これ以上、上手になられたら私がそばにいる意味がなくなっちゃう」

すると彼はチェアの背後に回り込み、うしろからそっと抱きしめた。

「真誉の価値は料理だけじゃないだろ？」

耳もとで囁いて、ちゅっと頬にキスをする。さっきまでさんざんいやらしいことをしていたのに、またしても体が火照《ほて》ってきた。

「俺に料理を教えてくれよ。前みたいに」

そう清々しく笑って正面の席に腰を下ろす。

どうやら言葉以上の意味はなかったみたい。乱されているのは私だけで悔しい。

熱くなった頬を押さえながら「それはもちろん構わないけど」と頷いた。

「よし。今日の夕食は夫婦の共同作業だ」

そう息まいてトーストにサラダとベーコンエッグを載せて頬張る。

「何が食べたい？」

「そうだな、大抵の料理は真誉が作ってくれるからな。普段食べないものってなんだろう？」

「じゃあ、ホットプレートを出してきてパエリアなんてどう？　お野菜やお肉を載せてビビンバなんかもいいかも」

「うまそうだな……って、それ料理っていうかパーティーメニューだよな。もしかして教える気、ない？」

ふふっと笑みをこぼしてバタートーストをぱくつく。

「立派なお料理だよ。調理は簡単で楽しいのが一番」

北斗さんが難しいお料理を覚える必要なんてない。日々の食卓を華やかに彩るのは私の専売特許なのだから。

窓から差し込む麗らかな午後の日差し。ぽかぽかするソファで、私はお気に入りのフォトブックを開く。

「真誉は休みの日になるたびにそれを見ているな」

いい加減呆れたように苦笑して、北斗さんが隣に座る。

「だって、タキシードの北斗さん、すごく格好いいんだもの」

私が開いているのは一カ月前に撮影したウエディングフォト。貴族のお屋敷を彷彿とさせるレンガ造りの教会で、真っ白なウエディングドレスとタキシードを着て、私たちはふたりだけの結婚式を挙げた。

「写真の俺ばかり見ているが、目の前に本物がいるって知ってる？」

「この写真は特別。それにほら、教会も素敵だったでしょう？」

純白のバージンロードに荘厳な祭壇、色とりどりのステンドグラス。周囲の風景を見ているだけでもうっとりとしてしまう。

「真誉のドレス姿が一番の見どころじゃないのか？」

私が選んだウエディングドレスは、スカートがふんわりと膨らんだお姫様みたいな一着。胸もとはハートカットで、レースの袖に花柄の刺繍《ししゅう》が入っていて、上品かつかわいいと北斗さんも褒めてくれた。

「うん。このドレス、すごくかわいかった」

「だから」

北斗さんが焦れったそうに声をあげ、私の鼻をツンとつつく。

「ドレスがかわいいんじゃなくて、それを着てる真誉がかわいいんだよ。俺は最高にかわいい花嫁をもらった、世界一幸せな男なんだから」

思わず笑みをこぼす。ちょっと言いすぎだけど、そういうことにしておこう。

「ありがとう。私は世界で一番幸せな花嫁だよ」

挙式後、婚姻届を提出して、私は吉柳真誉になった。正真正銘、彼のパートナーになれたのだ。

幸せはあの瞬間からずっと続いている。

「これからもよろしく頼むよ。俺の花嫁さん」

北斗さんが私の顎をくいっと押し上げ、頬にキスをする。

恋人になってからもうすぐ二年、結婚してから一カ月。甘やかされっぱなしで蕩けそうな日々を過ごしている。

「こちらこそ。私の旦那様」

ほっぺのキスではこと足りず、彼の両頬を挟んで唇を引き寄せる。

軽いキスをしようとしたら、彼の顔がおもむろに傾いて、本気のキスをされてしまった。

結婚した今でも唇が触れれば胸がきゅんと疼いて、初々しい気持ちが蘇ってくる。

「愛しているよ、真誉」

「私も。すっごくすっごくすっごく、愛してる」

「俺はきっとそれ以上だ」

勝ち負けのつかない張り合いをしながら、彼の胸に体を預ける。

ふたりの愛は膨らみすぎて、比べようもないくらい大きいのだ。

END

冷徹ドクターと身代わり契約婚
～姉の恋人になぜか溺愛されて身籠りました～

田沢みん

青天の霹靂

両開きの重厚なドアが開かれると、ドーム式の高い天井と美しいステンドグラスが目に飛び込んできた。

明るい自然光の差し込むチャペルには、パイプオルガンの荘厳な調べが響き渡っている。

百人は座れるであろう広い空間で、左右のベンチに座っているのはほんの十数人ほど。参列者は身内のみのささやかな式だ。

父と腕を組んだ私はゆっくりと赤絨毯《あかじゅうたん》の上を歩きだす。皆の笑顔がぎこちないように見えるのは、気のせいだけではないだろう。

――うん、仕方がない。

ここにいる人たちはこの挙式が茶番だと知っているのだ。利害が一致しているお互いの親はともかく、事情を知りつつ参加させられた親戚や病院の事務長が心から祝福できるはずもない。

――だからこれでよかったんだよね。

入籍のみでいいと言う私に、彼は『せめて挙式だけでも』と食い下がった。大病院の息子だ、一応世間体もあるのだろう。彼の顔を立てて、披露宴は行わず、都内のチャペルで結婚式だけ挙げることになったのだが、それで正解だったと思う。このうえ雛壇《ひなだん》でうわべだけの祝辞を聞き続けるなんて、いたたまれない。

牧師の穏やかな声をBGMに、ぼんやりとそんなことを考えていたら、不意に「大丈夫？」と小声で尋ねられた。

「えっ？　あっ」

ハッと顔を上げるとベール越しに彼の困惑顔が見えた。

――いけない、もう誓いの言葉が始まっていたんだ。

「――あなたは健やかなるときも病めるときも、富めるときも貧しきときも、愛をもって互いに支え合うことを誓いますか？」

私はひと呼吸してから「はい、誓います」と答える。これでもう後戻りはできない。

「それでは誓いの口づけを」

彼が両手でベールを捲《めく》り、私の肩に手を添えた。二十七センチ上からじっと私を見下ろして、ゆっくり顔を近づけてくる。慌てて目を閉じたその直後、柔らかい唇が重なった。

——ああ、これが私のファーストキスだ……。

私、倉木波瑠《くらきはる》は二十四歳の誕生日の今日、ずっと好きだった憧れの男性《ひと》と結婚した。

姉の身代わりとして……。

＊＊＊

あれは今から一ヶ月ほど前、四月あたまの日曜日のこと。

「冬美《ふゆみ》、おまえは何を言ってるんだ！」

我が家のリビングに父の怒声がこだました。

応接セットで父と向かい合っている姉の冬美は、青筋を立てている父とは反対に冷静だ。久しぶりに家に来たかと思ったら、自分の主張を澱《よど》みなく言い切った。肩までの黒いボブヘアをさらりと揺らし、顔色ひとつ変えずに口を開く。

「だから今言ったじゃない。私はこの人と結婚して海外赴任についていくって……ねっ」

姉が切れ長の目を向けた隣の席には、見知らぬ男性が座っている。

——えっ、どういうこと⁉

来月で三十一歳になる姉は、以前から三十歳で結婚したいと公言していた。

彼女は大変しっかり者で、何をするにも事前に綿密な計画を立て、確実に成功させてきた。受験も就職も、恋愛さえも。

姉は計画どおり大学の医学部に進み、同じ道を志す医師の恋人を作り、外科医になって。

そしてとうとう今月末には三十歳で結婚することになっていたのだ。隣にいる会社員の彼ではない。まったく別の男性と……だ。

「冬美さんと結婚させてください！　お願いします！」

総合商社に勤めているというスーツ姿の男性が頭を下げる。姉よりひとつ年下だという彼は、シンガポールへの駐在勤務が決まっているらしい。

「急に現れて何を言ってるんだ。絶対に許さん！」

激昂《げっこう》している父は、続いて姉に険しい目を向けた。

「海外に行くなんて、うちの病院はどうするつもりだ！」

「娘は私だけじゃない。波瑠がいるでしょう？　波瑠が継げばいい」

「お姉ちゃん！」

――そんなの無理だってわかっているくせに！

父が院長を務めている『倉木総合病院』は、世田谷区三軒茶屋《せたがやさんげんぢゃや》にある病床数百八十床の総合病院だ。創業者である亡き祖父から経営を引き継いだ父は現在六十三歳で、そろそろ引退を考えているらしい。大学病院で働いている姉が結婚して戻ってきた暁には、現役を退いて経営に専念するつもりでいた。

私は父の病院で受付事務の仕事をしているが、実際は何の資格も持っておらず、ただの案内業務をしているだけの役立たず。以前は父や姉のような医療従事者になりたいと憧れていたけれど、病弱な私には無理だと父に反対されてしまった。

『おまえは後継者ではないのだから、病院に入ることも働く必要もない。早く結婚して家庭を守ることに専念しなさい』

そう言われたものの、私だって社会人としての経験を積んでおきたい。必死で父に懇願し、どうにか今の職に就かせてもらっている。

――だから私ではお姉ちゃんの代わりになんてなれないのに……。

すらりと背が高く、容姿も性格もキリッとしている父親似の姉とは違い、私はぼんやりした印象だ。身長百五十六センチで中肉中背の体型。ゆるくウェーブのかかった焦げ茶色のロングヘアも、やけに大きい目のせいで幼く見える顔も、病気で亡くなった母親譲りらしい。そのときまだ二歳だった私は何も覚えていないけれど。

性格も正反対で、判断力も行動力もある姉に私など到底及ばない。

耐えきれなくなった私はとうとう口を開いた。

「医師じゃない私がお姉ちゃんの代わりなんて無理だよ！　それに、悠生《ゆうせい》さんはどうなるの？　急に心変わりだなんてひどいと思う」

「私の結婚は悠生も祝福してくれているから問題ない」

――えっ⁉

「そんなの嘘《うそ》っ！　だって結婚する日も決まっているのに……」

「だから結婚するよ、この人と。入籍するだけだけど」

元々披露宴はしない予定だったたし、チャペルのキャンセル料がかかるだけだと言ってのける。

「勿体ないと思うなら、あなたが彼と結婚すれば？　昔から結婚するなら白いチャペルがいいって言ってたじゃない」

「そんなこと……！」

それこそ無理に決まっている。悠生さんが結婚したかったのは私じゃない、倉木冬美なのだ。

「私、お姉ちゃんがそんな無責任な人だなんて思わなかった」

唇を震わせる私を尻目に、姉はバッグを持って立ち上がる。

「とにかく私はこの人と結婚するから。じゃあ」

これ以上の会話は無駄だとでもいうように打ち切ると、恋人と一緒に歩きだした。

ドアの手前で立ち止まり、最後に私を振り返る。

「波瑠、自分の人生なんだから、自分で考えて生きなよ」

ドアをバタンと閉めて出ていった。あとには膝の上で拳《こぶし》を震わせる父と、放心状態の私が残される。

「なんてことだ。すでに事務長や看護部長には結婚式のことを話してあるのに。それにあちらのご両親に何と言えばいいのか。病院のことも……」

私ももちろんショックだが、姉に後継者としての期待を寄せていた父はもっとショックに違いない。

肩を落として項垂《うなだ》れる姿にかける言葉が見つからない。

――せめて私にお姉ちゃんほどの実力があればよかったのに。

無力な私にできることなど何もない。姉のように医師免許もなければ美貌も社交性も持ち合わせていないのだから。

――そして、好きな男性に振り向いてもらうことも……。

「くそっ……悠生くんの相手がおまえであれば、こんなことにはならなかったろうに」

「そんなのありえないよ。悠生さんはずっとお姉ちゃん一筋だったんだから」

たしかに私であれば、こんな突拍子もないことなどできないだろう。だからと言って代わりになれるはずがない。

「だからこそ余計に困惑してるんだ。あんなに立派な相手がいながら、冬美はどうして……そうだ、悠生くんとも話をしなくては。彼も祝福してるだなんて、そんな話を鵜呑《うの》みにできるわけがない」

父が目の前のガラステーブルからスマホを手に取りタップする。数回呼び出し音が鳴って留守番電話に切り替わった。

「出ないな、仕事中か。当直なのかもしれない」

父は大きなため息をつくと、私をじっと見つめてきた。

「波瑠、話によってはおまえに見合いをしてもらうことになる」

――えっ、お見合い⁉

「そんな……私にはまだ結婚は早いと思う」

「二十四歳じゃ遅いくらいだ。俺は以前から、おまえは働かずに結婚しろと言っていたじゃないか」

家族の中で、私は何の期待もされていない存在だった。早産で小さく生まれたうえに病気がちだった私は、幼い頃から読書やお絵描きをしたりと家の中でひっそりと過ごしてばかりいて。

そんな私とは違い、七歳年上の姉は幼い頃からピアノや水泳など様々な習い事をして入賞を果たし、父の期待を一身に集めていた。行動的で才色兼備な姉は私にとって憧れで、母親代わりでもあって。その姉が結婚していないのに私が先になんてありえないと思っていたのだ。

――それにちゃんと恋愛もしたことがないのに、いきなり結婚だなんて……。

『恋愛』という言葉で、私は初恋の男性《ひと》の顔を思い浮かべた。けれどそれも意味のないことだ。

七海《ななみ》悠生、三十一歳。姉と同じ大学病院で外科医をしており、日本全国で五十の総合病院を運営している『医療法人七生会《ななせいかい》』の御曹司。

彼こそついさっきまで父と私が姉の恋人だと思っていた相手なのだから。

悠生さんと私の出会いは十年前に遡る。留学経験があり英語が得意だった姉は、たびたび父から論文の英訳や資料作成を頼まれていた。それが面倒になったのかは知らないが、姉が「私よりも優秀な医学生がいる」と英訳のバイトとして家に連れてきたのが、姉の同期で当時大学三年生だった悠生さんだ。

彼は小学校一年生から二年間、父親の海外研修でボストンに住んでいたという帰国子女で、高校時代にもニューヨークへの留学経験があるらしい。祖父の代から続く大病院の御曹司で眉目秀麗、しかも医学部トップの成績だという悠生さんを父は大層気に入って、バイト初日から我が家での食事に誘い、「卒業後はうちの病院に来ないか」とか、「お兄さんがいるのなら跡は継がなくてもいいんだろう?」などと、あからさまに興味を示していたのを覚えている。

それが、次に我が家に来たときには姉の恋人になっていて、ダイニングテーブルを囲んだ席で、「私たち、付き合うことになったから」と紹介された。

父はもちろん大歓迎で、以来十年間、ふたりは家族公認の付き合いをしてきたのだ。

初対面のとき、私から見た彼の印象は、背が高い、綺麗《きれい》、怖そうな人……だった。マネキンみたいに整った顔立ちに、少し吊り上がった切れ長の目。容姿が冷たい印象を与えていたのは間違いないが、それより彼は愛想が悪かった。

父の論文を手伝いに来るのは大抵午後六時過ぎなのだが、廊下や洗面所の前で私とすれ違っても、黙ってペコリと頭を下げるだけ。食事の席でも必要最低限のことしか話そうとしないし、ちゃんと名前を呼ばれたこともない。

　当時中学二年生だった私は、こっそり姉に、「あの人、あんなに無愛想で医者になんてなれるの？　お姉ちゃんもいじめられてない？」と聞いたこともある。

「ふふっ、ああ見えて彼って、親しい相手にはいい笑顔を見せるのよ。講義のときは積極的に質問をするしね。うちにはお父さんがいるから硬くなってるだけじゃないかな」

　愉快そうに語る姉を見て、そうか、さすがに彼も恋人の前では違う顔を見せるのか……などと考えたのを覚えている。

　そんな私が彼を意識したのは、高校に入学した直後のことだ。

　友達の家へ行こうと二階から階段を下りかけたところで、姉の部屋から出てきた悠生さんに呼び止められた。

「あの、高校入学おめでとう。これを、君に」

　彼が差し出したのは、花柄のラッピングペーパーにリボンのシールが貼られた包み。

「えっ、私に？」

「……君にだと、言っている」

「あっ、ありがとうございます」

彼とふたりきりで向き合うのははじめてのことだ。若干緊張しながら包みを開くと、中身はギンガムチェックのマフラーだった。しかも高級ブランドの品だ。

「冬美から、君が電車通学だと聞いた。ホームは風が強いから……」

相変わらずの硬い表情と裏腹に、彼の声音は優しくて。突然のことにぼんやりしていたら、それを彼は不服だと受け取ったらしい。

「ごめん、好みじゃなかったのなら、無理に使わなくても……」

「いっ、いえ、嬉《うれ》しいです！　ただ、私なんかにこんな高級品は分不相応で、いいのかなって」

「いいに決まっている。君のために買ったんだ」

彼はマフラーを手に取ると、私の首にぐるりと巻いた。

「うん、似合う」

――あっ！

ふわりと微笑むその顔が、あまりにも柔らかくて神々《こうごう》しくて。動揺した私は思わず一歩下がり、階段から足を踏み外してしまう。

「危ないっ！」

うしろ向きに落ちそうになった私を悠生さんが追いかけた。彼は左手で手すりを掴《つか》み、右腕で私の背中を引き寄せる。ぐいと力強く抱き寄せられて、私は彼の胸にポスンと額をつけた。

トクトクトク……やけに速い自分の鼓動が大きく響く。こんなの彼にも聞こえてしまってるんじゃないだろうか。

「……っ、危なかった。大丈夫だった？」

「だっ、大丈夫です」

――ただ、心臓が異様にドキドキしているだけで。

耳もとで彼が「よかった」と息を吐き、私の身体が解放された。

「それだけだから。じゃあ」

彼が背中を向けて、姉のいる部屋へと歩いていく。

「あのっ、ありがとうございました！」

悠生さんが立ち止まり、黙って小さく右手を上げて。その場にたたずむ私の前で、姉の部屋へと入っていく。パタンと閉まるドアを見つめながら、いつかの姉の言葉を思い出した。

『彼って、親しい相手にはいい笑顔を見せるのよ』

――そうか、私もようやく親しい相手になれたのか。

嬉しいはずなのに、なんだか寂しく思う自分もいて。

——もう一度、さっきの笑顔を見せてほしいな……。

そう思った瞬間が、私の恋の始まりだったのだろう。

それでもその時点では、私自身も悠生さんへの気持ちに気づいていなかった。

やけに意識してしまうのは自分が異性との接触に慣れていないせいだ。何より相手は姉の恋人で、特別な気持ちを持つことなんてありえない。

いや、持ってはならない……そんなふうに自分に言い聞かせていたのかもしれない。

けれどそのときを皮切りに、悠生さんがちょこちょことプレゼントをくれるようになった。ほとんどは誕生日やクリスマスといったイベントのときだが、それ以外にも友人と旅行に行ったお土産《みやげ》だとか、姉に贈り物をするついでに私にも……という形で何かを買ってきてくれる。

一番印象に残っているのは防犯ブザー。私が高校二年になったとき、他校の男子生徒が校門で待ち伏せし、そのまま家までついてくるという事件があった。

姉を通じてそれを知った悠生さんが、我が家に来たときに「これを持っていたほうがいい」とキーホルダーになった防犯ブザーをくれたのだ。

「そんな、わざわざよかったのに」

男子高校生が待ち伏せしていたのはほんの三日間ほどで、それ以降は姿を見せていない。きっと先生に注意されたのか、ほかの女子生徒にでも興味の対象が移ったのだろう。こんなことで姉の恋人に気を遣わせてしまっては申し訳ない。そう考えてあえて軽い口調で返事をしたのだが、途端に悠生さんが鬼の形相になった。

「ストーカーに遭ったというのに何を言っているんだ！　だいたい君はぼんやりしすぎだ！　もっと自覚を持ったほうが……！」

「ちょっと悠生、顔が怖い！」

一緒にいた姉に窘《たしな》められ、悠生さんはハッとした表情で声を低める。

「悪い、言いすぎた。……とにかく君は、もう少し気をつけたほうがいい」

そのまま父の書斎に向かう彼を見送って、姉が「悠生は波瑠のことを心配してるだけだから。悪いヤツじゃないからね」と肩をすくめたけれど。

——うん、わかってる。

相変わらず無愛想でつっけんどんで。それでも彼は、忙しい合間を縫って、このピンク色の防犯ブザーを買い求めてくれたのだ。その気持ちが嬉しいと思う。

——それにもう私は、彼の優しい笑顔も知ってるし。

けれどそれは私が倉木冬美の妹だから。彼の笑顔も優しさも、大切な恋人の身内だから向けてもらえるということも、嫌というほどわかっているのだ。

こうして時折優しい面を見せられるたびに、少しずつ少しずつ想いは募って積み重なって。自分の気持ちを自覚したと同時に諦めるしかなくて。

――私は誰にもこの想いを告げることなく、ひっそりと失恋を受け入れていこう……。

胸の奥底にはじめての恋を封印したまま、今に至る。

「――冬美のことは見限った。我が家にはもう、おまえしかいないんだ」

過去に想いを馳《は》せていると、ぎゅっと手を握りしめられた。父は最近視力が衰えており、長時間の手術が厳しくなってきているのだという。一日も早く次にトップの座を譲りたい……と言われてしまえば断りにくい。

――まだまだ先のことだと思ってたんだけどな。

母亡きあと、通いの家政婦を雇ったとはいえ、男手ひとつで育ててくれた父だ。感謝しているし恩返ししたい。私と同様、身体の弱かった母は、私を産んでから体調を崩し、最後は肺を悪くして亡くなったと聞いている。言うなれば私は疫病神。私を産まなければ、母はもっと長生きできたかもしれないのだ。医師になった姉と違って役立たずの私にできることなんて、病院のために結婚することくらいで……。

——普通に恋をして、好きな相手と結婚したい……だなんて贅沢《ぜいたく》だよね。

再び脳裏に悠生さんの顔を思い浮かべたが、直後にゆるゆると首を横に振る。悠生さんは姉のことが好きだったのだ。いや、今だって未練があるに違いない。こんなの考えるだけ無駄だ。

「まずは悠生くんに事情を聞いてみるが、こうなっては冬美との結婚は難しいだろう。頼む、波瑠。亡くなった母さんのためにも、医師と結婚してこの病院を継いでくれ!」

父の手にさらに力が篭められた。そうなればもう拒否することもできず、私は黙って頷《うなず》いたのだった。

＊＊＊

その翌日、病院一階のカウンターで午前中の受付を終了し、診察時間を示したサインプレートを窓口に置いたところで電話が鳴った。受話器を取ると父の声が聞こえてくる。院長室からの内線電話だ。

『波瑠か、今すぐ院長室に来なさい』

「えっ？　あっ、はい」

今から昼休憩の時間とはいえ、仕事中に父から電話が来るのは珍しい。ましてや院長室に呼び出しだなんて。

――個人的な用事ということ？

昨日の今日だ、姉に関することなのかもしれないと考えながら院長室に向かう。

ノックをしてドアを開けると、そこにはなんと予想外の人物がいた。

「悠生、さん!?」

ソファーセットのテーブルを挟んで父の向かい側に座っているのは、七海悠生その人だ。昨日は電話が繋《つな》がらなかったが、どうやら今日になって連絡が取れたらしい。

私は慌てて姿勢を正し、その場で深く頭を下げた。

「姉がすみませんでした！　本当に、とんでもないことを……」

「波瑠、いいからまずは座りなさい」

父に促されて隣に座る。

「悠生くん、私から話してもいいかい？」

「はい、お願いします」

男同士で目配せをしてから父が私に話しかけた。

「波瑠、悠生くんと結婚する気はないか？」

「えっ」

思わぬ展開に言葉を失っていると、父がそのまま先を続けた。

「うちの病院は七生会グループの傘下に入る。いや、入れてもらえるはずだった」

父が言うには最近周囲に新しい病院やクリニックが増えてきたことで、倉木総合病院の患者数は徐々に下降線を辿《たど》っているらしい。そのため悠生さんが姉と結婚したあとは病院を七生会グループの傘下に入れ、その院長に彼を据えるという計画が両家のあいだで進んでいたというのだ。

病院の職員、しかも院長の娘でありながら実情をまったく把握していなかったことが情けない。たしかに七生会のうしろ盾があれば経営が安定するだろうし、患者もスタッフも救われる。

――けれど、それじゃあ悠生さんの気持ちは？

それらはすべて、姉の冬美ありきの計画だ。医師で恋人同士である姉と悠生さんが結婚し、ふたりで協力しながら親から引き継いだ病院を盛り立てていく……そこには私が取って代われる要素などひと欠片《かけら》もない。

悠生さんに片想いしている私はともかく、彼は本当にそれでいいと思っているのだろうか。こんなに優秀で魅力的な人が、病院のために望まぬ結婚をするなんて。お姉ちゃんのことでヤケになっているんじゃないだろうか。

私が逡巡《しゅんじゅん》していると、父がおもむろに立ち上がる。

「まずはふたりで話し合うといい。悠生くんは心を決めたと言っているから、あとは波瑠次第だが」

「えっ、お父さん！」

焦る私をそのままに、父は院長室を出ていった。あとには硬い表情の悠生さんと私が取り残される。

悠生さんがゆっくりと口を開く。

「驚いただろうけど……そういうことだ」

――そういうことって。

「あなたは、それでいいんですか？」

「君は？　姉の代わりに誰かと見合い結婚をするか、俺と結婚するか。いずれにせよ、好きでもない男と結婚してまでこの病院を救いたいんだろう？」

私の問いに答えることなく坦々《たんたん》と言ってのける。

「そ、それは……私だって、父のためにも病院のスタッフのためにもここを守りたいと思いますけど」

「そうか、それはよかった」

彼は口の端を上げて私を見つめる。

「俺は次男で自由な身だ。この病院を継げたら嬉しいし、君は知らない人と見合いさせられるよりはマシ。両家の親は大喜び。これで問題ないな」

「問題……あります」

「えっ」

問題ならありありだ。親のためだとか病院のためだとか、病院を継ぎたいだとか。それよりももっと、本当に大事な返事をもらっていない。

「まださっきの質問に答えてもらっていません。あなたは本当に、それでいいと思っているんですか？　姉ではなく、私が相手で構わないと」

悠生さんが目を大きく見開き固まった。しばらくしてから彼の喉仏が大きく動くのが見えた。

「俺は……君と結婚できたらいいと思っている。そうじゃなきゃ今ここにはいない」

思い出したように姿勢を正し、真っ直ぐに視線を合わせてくる。

「倉木波瑠さん、どうか俺と結婚してください」

──ああ、そんなふうに言われたら。

不意打ちのプロポーズの言葉に、せっかく封印していた気持ちが溢れてしまう。

わかっている、これは愛の告白なんかじゃない。姉にフラれたから、結婚の時期が決まっていたから、せめて自分の病院を持ちたいから。緊急事態に対処した、妥協と諦めの産物だ。

親も悠生さんもそれでいいというのであれば受け入れよう。私だって見知らぬ誰かと結婚させられるよりも、悠生さんと結婚したほうがいいに決まってる。

──けれどごめんなさい。好きでもない相手と結婚するのはあなただけなの。私は……。

「わかりました。よろしくお願いします」

こうして私は初恋の相手との結婚を決めた。愛されないと知りながら。

那須高原の夜

私と悠生さんが那須高原《なすこうげん》の別荘に到着したのは夕方近くだった。

砂利の敷かれた駐車スペースに車を停めると、すぐそこに白い二階建てが見える。

これは医療法人七生会が所有している建物で、七海家の人々が避暑に来るほかグループ病院の会合やレクリエーションに使われたりすることもあるそうだ。

四月の最終日にチャペルでの挙式を終えた私たちは、そのまま悠生さんが運転する車でここに来た。今日からここで二泊三日の週末を過ごすことになっている。いわゆる新婚旅行というやつだ。

悠生さんがポケットから取り出した鍵でドアを開ける。この別荘を使わせてもらえるということは、七海家の人々が私たちの結婚を許してくれているということなのだろうか。結婚式当日に会ったご両親とは簡単な挨拶を交わしただけだ。式の前には父と悠生さんから『問題ないから黙ってニコニコしていればいい』と言われていたが、私の知らないところで両家の話し合いが済んでいたということなのだろう。ぎこちない笑顔とパラパラとした拍手だけが響く、拍子抜けするほどスムーズな結婚式。誰ひとりとして本来ここにいたはずの姉の話題に触れようとはしなかったのが、逆に薄気味悪かった。

「――さあ、どうぞ」

悠生さんにドアを開けられ別荘の中へと足を踏み入れる。そこは広々とした吹き抜けの空間になっていた。向かって左側にカウンター付きのキッチンスペースとダイニングテーブル、右側に暖炉のついたリビングスペースがある。リビングにはソファーセットとロッキングチェアーが置かれていて、その向こうに二階へと続く階段が見えていた。一階の奥に主寝室、二階にゲストルームが二部屋あるという。

「わぁ、素敵！　こんなところに泊まるだなんて贅沢ですね」

「何言ってるんだ。披露宴も海外旅行もなし、チャペルも自分で選ばないなんて贅沢どころか我慢しすぎじゃないか」

――我慢だなんて……。

私だって病院長の娘だ。入院患者を持つ医師が長期の休みを取りにくく、遠出するのも難しいことを知っている。それに加えて私たちは結婚に至る経緯もかなり特殊だった。最初から特別なことなど望んでいなかったし、ましてや新婚旅行だなんて考えてもみなかった。

チャペルも悠生さんがほかを探すと言ってくれたのを私が止めた。姉が予約していたところをそのままでは可哀想だという彼なりの配慮だろうが、父が『事務長や看護部長がスケジュールをあけてくれていたのに』と困っているのを見ていたし、結婚が先送りになって悠生さんの気持ちが変わってしまうのも怖かったからだ。

——悠生さん、私はズルいんですよ。

父のため、病院のためと言いながら、結局それを自分の恋心のために利用しただけのことだ。だから『何もしなくていいですよ』と言っておいたのに、彼はわざわざ休みを取ってこんなところまで連れてきてくれた。感謝しかない。

「忙しいのにありがとうございます」

「いや、大学病院のほうは四月いっぱいで退職したし、倉木先生……院長に、結婚後すぐに出勤する必要はないから、数日は君と一緒に休めばいいと言われたんだ」

——ああ、そうか。お父さんに頼まれたから。

悠生さんは五月一日付で倉木総合病院の副院長となる。これからはうちの病院で外科医として働きながら、父について病院の運営も学んでいくらしい。ちなみに彼は婿《むこ》養子ではないので『七海』姓のままだ。私はてっきり父が『倉木』姓の継承にこだわっていると思っていたので意外だったのだが、父としては私たちが病院を引き継いでくれればそれで満足らしい。『母さんが大事にしていた病院をおまえたちに残したかっただけだ』と言っていた。

私はキッチンに向かう悠生さんの背中を盗み見る。

――彼は後悔していないのかな。

結婚までの一ヶ月間は慌ただしく、私は仕事の合間に引っ越しの荷造りやウエディングドレスの準備、悠生さんも結婚準備と大学病院の患者の引き継ぎに忙殺されていた。当然ゆっくり会うこともなく、なんなら今日の結婚式で久しぶりに顔を見たくらいだ。

――だけどここではふたりきり。ううん、それどころか帰京後は同じマンションに帰るんだ。

今頃になってようやく夫婦になった実感が湧いてきた。途端に緊張感が全身を包む。心臓をバクバクさせていたら、キッチンから悠生さんが話しかけてきた。

「何が食べたい？」

「えっ？」

「夕食はどうするかと聞いてるんだ。今日は疲れたから出歩くのは明日でいいだろう？」

「私は別に何でも。悠生さんは何が食べたいですか?」

途端に悠生さんが顔をしかめてため息をつく。

「君はまったく……俺は君に希望を聞いたんだぞ。どうしてそこで俺の話になるんだ」

――あっ、怒らせてしまった。

私は昔からこういうところがある。父の顔色をうかがって行動をしたり、誰かの意見に合わせて自分の考えを引っ込めてみたり。唯一姉には甘えられるのだけど、それ以外の人を相手にするとからきし駄目だ。姉には『もっと自分を持ちなさい』とたびたび言われていたが、こういう性格なのだから仕方がない。

「ご、ごめんなさい! 私、本当に何でもよくて……でも、聞かれたことにちゃんと答えないのは失礼ですよね。今はそんなに食欲がないので、あまりボリュームのないものがいいです」

途端に悠生さんがハッとする。

「悪かった。そうだよな、結婚式のあとの長距離移動で疲れているに決まっているのに。気遣えなくてすまなかった」

頭を下げられこちらのほうが申し訳なくなる。疲れているのは悠生さんだろう。助手席に座っていただけの私と違って二時間以上も車を走らせてきたのだから。

「今夜は俺が何か作るよ。おっ、ちゃんと食材が揃《そろ》っているな。管理棟に電話して、すぐに使える状態にしておいてもらったんだ」

冷蔵庫の扉を開けた悠生さんが声をあげる。私も一緒に冷蔵庫を覗《のぞ》き込むと、たしかに中には新鮮な肉や野菜、ペットボトルの水やオレンジジュースなどが綺麗に並んでいた。

――だったら……。

「悠生さん、私が料理を作ってもいいですか？」

私の言葉に彼が驚きの顔を向ける。

これでも私は料理が得意なほうだ。小さい頃から家に通いの家政婦さんが来ていたため、料理の様子を隣で眺めていたらそのうち教えてもらえるようになった。高級フレンチは無理だとしても、基本的な家庭料理なら大抵は作れる。

「私と結婚してくれた悠生さんに感謝の気持ちを伝えたいんです。味は自信がないですけど、ちゃんと食べられるものを作りますから」

自分から申し出るのは勇気がいったが、彼に手料理を食べてもらいたいという気持ちのほうが勝った。姉の無礼な振る舞いの謝罪と倉木総合病院救済への感謝。そして望まぬ結婚をさせられそうだった私に『好きな人との結婚』というこれ以上ないプレゼントをくれたこの人に、何かをしたいと思ったから。

本音を言えば、彼に少しは見直してもらえるかも……だなんて浅はかな計算もあるのだけれど。

「感謝って、そんなの俺のほうが……だって君は……」

「あっ、ハムと卵がある。サンドイッチでもいいですか？　あとはサラダとスープも作りますね」

私は慌てて彼の言葉を遮った。今にも彼の口から姉の名前が出そうな気がして、なんだかとても怖かったのだ。長袖のブラウスを袖捲《そでまく》りして、キッチンシンクで手を洗う。冷蔵庫から卵を取り出したところで悠生さんが棚から小鍋を取り出して湯を沸かし始めた。

「俺も手伝うよ。簡単な料理ならできる。ほら、ゆで卵を作るんだろ？」

片手を差し出されてキョトンとしていたら、彼がもう一度「ほら」と手のひらを突き出してくる。

「……ありがとうございます。それではよろしくお願いします」

「ふっ、それでは茹《ゆ》でさせていただきます」

「ふふっ」

顔を見合わせ微笑んで、悠生さんの手のひらに卵を二個載せた。この大きな手はついこの前まで姉のもので、なのに今は私から卵を受け取って一緒に料理をしようとしている。すごく不思議で複雑で、それでも私は彼といられるこの時間を楽しみたいと思う。

悠生さんはなかなかの料理上手で、手際よく卵スプレッドを作ってくれた。地元のパン屋さんから運ばれてきたてであろうカゴ入りの食パンにバターとマスタードとマヨネーズを塗って食材を挟み込む。香りと彩りのいいサンドイッチのできあがりだ。野菜とベーコンたっぷりのコンソメスープとシーザーサラダを添えて、ダイニングテーブルで向かい合いながら食べた。

「どうでしょうか」

会話の糸口を掴むように私が遠慮がちに尋ねれば、彼が短く「大成功だな」と返してくれる。夫婦というにはあまりにもぎこちなく静かな食卓。けれど目が合えばふわりと微笑んでくれて、そのたびに私の心臓がうるさくなる。会話が少なくたって十分だ。私はもう、彼が優しいことを知っている。

早めの夕食を終えて食器を片付けてしまえばもうやることがない。私ひとりならばこれからお風呂に入って自室で本でも読むところだけど、今日からはそうもいかない。

「あの、食後のお茶でも淹《い》れましょうか。コーヒーがいいですか？　あっ、でもコーヒー豆はあるのかな」

どうにか間を繋ごうとキョロキョロしながら早口で喋《しゃべ》っていたら、悠生さんが「いや、俺はいい」と私の言葉を遮った。私の頭上にあった吊り棚に手を伸ばして袋入りのコーヒー粉を取り出すと、コーヒーメーカーの隣にトンと置く。

「俺はちょっと外に出るから、君はここでゆっくりしていればいい。ああ、この奥に主寝室があるから休むならそこで」

「えっ、でも」

彼はVネックシャツとチノパンの上に黒いチェスターコートを羽織ってドアを開けた。私は外に出ていく彼を茫然《ぼうぜん》と見送るしかない。

――えっ、外に出るって、散歩？

コーヒー粉とともに取り残された私はしばらくぼんやりと立ち尽くしていたが、意を決してドアへと向かう。外に出るとあたりはもう暗く、少し先の森は真っ暗だ。悠生さんを追いかけるつもりでいたものの、肝心の彼の姿が見当たらない。

「どこに行ったんだろう」

かろうじて別荘近辺だけは中から漏れる光で薄明るいため、建物の周囲をまわってみることにした。外壁に沿って裏にまわると白いデッキがあり、悠生さんはそこで手すりにもたれて立っていた。私の足音に気づいた彼が、驚いた表情で私を見る。

「どうしてここに⁉」

「散歩に行くのなら一緒にと思って」

「一緒にって、たまたま俺がここにいたからいいものの、見つけられなかったら山道に入ってたってことか⁉　女性が夜道をウロウロするなんて危険だろう！　何かあったらどうするつもりだったんだ」

血相を変えて捲し立てられた。彼が言う通りなので反論のしようもない。

「ごめんなさい。でも……」

悠生さんにとってはただの結婚とセットの行事かもしれないけれど、私にとっては大事な新婚旅行なのだ。彼のことをもっと知りたいし、私のことを知ってもらいたい。

──彼と恋愛をしたい。

たとえ政略結婚であろうとも、姉の身代わりだとしても。夫婦になった以上は好きになって、好きになってもらえて。お互いを思いやりながら、温かい家庭を築いていきたい……だなんて、甘い考えだろうか。

彼の都合に便乗して、自分のエゴで結婚まで突き進んだ。そのうえ彼の心まで求めるなんて贅沢なのはわかっているけれど……。

「私、頑張っていい奥さんになりたいです」

申し訳なさにしょぼんとうつむいていたら、いきなり肩にコートがかけられた。

――これ、悠生さんの……。

「日中ならまだしも夜にそんな薄着じゃ風邪を引く。このあたりは東京よりも気温が低いから、五月になっても冷えるんだ」

「だけど悠生さんが冷えちゃいます」

「俺は丈夫だからいいんだ。まったく君は昔から不用心すぎる。心配になるから気をつけてくれ」

「はい、ありがとうございます」

厳しい口調で叱りながらもさりげなく気遣ってくれる、その優しさが好きだ。肩にかかった重めのコートを胸の前で引き寄せる。心も身体もほんわりと温かくなってきた。

「君は蛍を見たことがあるか？」

「蛍ですか？　いえ、ないです」

不意の質問に首を傾げていると、彼が森の方向を指さした。

「この先に蛍を見られる場所がある」

今は暗くてよく見えないが、この先に遊歩道があるらしい。そこからちょっと逸れたところに蛍の出没スポットがあるのだと教えてくれた。

「六月下旬から一ヶ月ほどの短いあいだしかチャンスはないが、家族で避暑に来たときに見たことがある。今回は少し来るのが早すぎたけれど、次は蛍の時期に来よう」

――次……次って来年？　再来年？　これからも私と一緒にいてくれるつもりなの？

落ち込んだ私をどうにかしようと咄嗟《とっさ》に口に出しただけなのかもしれない。それでも私との未来を語ってくれたことが嬉しい。

「見たい！　蛍、絶対に見たいです！」

思わず声を張り上げたら悠生さんがクスッと笑った。浮かれすぎなのは許してほしい。だって悠生さんとのはじめての約束なのだから。

「そうか、それじゃあ蛍は来年として、明日はまず観光に行こうか。駅のほうに行けばいくつか土産物屋があるし、ロープウェイで景色を見るのもいい」

「行きましょう！　明日、絶対に……クシュ！」

「ほら、クシャミが出たじゃないか。だから外は冷えると言ったんだ」

彼が眉間に皺《しわ》を寄せるのを見て、はしゃぎすぎた自分を反省する。子供っぽくて呆《あき》れられたかもしれない。

「ほら、中に戻ろう」

先に歩きだす背中を見つめながら、明日から頑張って挽回《ばんかい》しようと心に決めた。

そのはずが……。


翌朝、主寝室のクイーンサイズベッドで目覚めると、全身がだるくて頭痛がした。

もしかしたら風邪を引いたのかもしれない。

スマホで時間を確認するとすでに午前八時。寝過ごしてしまったと慌てて身体を起こしたが、激しい頭痛で再び枕に倒れ込んだ。

――ああ、やってしまった。

昨夜外から戻った私たちは、各々シャワーを浴びて別々の部屋で眠った。悠生さんが『君は主寝室を使ってくれ。俺は二階の部屋にいるから、用事があるときは呼べばいい』と言って、早々に二階に上がってしまったからだ。

新婚夫婦がいきなり別々の部屋に引き篭るなんて思ってもみなかった。未経験の私だって初夜に何をするのかくらいは知っている。ここに来るまでの車内では、今夜はどうなるのだろう、どうしたらいいのだろう……だなんて、密かに悩んでもいたのだ。

——そうか、当然だよね。

悠生さんが好きだったのも結婚したかったのも姉のほうで。代わりに妹と結婚したからといっていきなり愛情が芽生えるわけがない。抱く気になれないのも当然だ。

ほっとしつつも半分ガッカリした気持ちを抱えながら、昨日はひとりで寝たのだが……起きたらこの有り様だ。

情けなく思いながらどうにかゆっくり起き上がり、壁を伝うようにしてコーヒーの香りが漂うキッチンへと向かう。悠生さんは案の定そこにいた。コーヒーメーカーの前に立っていた彼は、パジャマ姿の私を見ると慌てて駆け寄ってくる。

「どうした、顔が赤いぞ。熱でもあるんじゃないのか？」

「少しだけ熱っぽくて。体温計をお借りできます……あっ！」

いきなり膝裏から抱きかかえられ、お姫様抱っこで元来た寝室へと戻される。

「どうして電話で呼ばなかったんだ！　休んでいなきゃ駄目だろう！」

叱りながらも私をゆっくりとベッドに横たえ、大きな手を私の額に乗せた。冷んやりとしていて気持ちいい。

「熱いな。体温計を持ってくるからじっとしていろ」

そこからの彼は驚くほど献身的で。別荘にあった体温計で熱を測って三十八度あるとわかると氷枕を作り、車で麓に降りてコンビニでゼリーや飲み物、解熱剤などを買ってきてくれた。

彼が作ったお粥《かゆ》を食べさせてもらったり額の濡れタオルを替えてもらったりと甲斐《かい》甲斐《がい》しくしてもらっているうちに再び眠ってしまっていたようで、次に目が覚めたときにはすでに窓の外の太陽が高く昇っていた。

「起きたのか、調子はどうだ？」

悠生さんがベッドサイドから私の顔を覗き込んでくる。どうやらずっと付き添っていてくれたらしい。

「ずいぶん楽になりました。ありがとうございます」

薬が効いたのか、頭がすっきりしているし全身の火照《ほて》りも消えている。

「風邪を引いたのかもしれないな。俺のせいで外に出させてしまって悪かった」

「違います！　あれは私が勝手にしたことだし、すぐに熱が出るのだって昔からで……」

子供の頃からイベントごとのあとには必ずと言っていいほど寝込んでいた。大人になってからはそれほどでもないものの、今でも疲れたときや季節の変わり目には体調を崩して熱が出る。

「……そうか、疲れも溜まっているだろうし、今日はゆっくり休んでいるといい」

──そんな……。

彼が大きなため息をつくのが見えて、みるみる涙が溢れてきた。悠生さんがぎょっとして、慌ててサイドテーブルのティッシュボックスを引き寄せる。

「どうした、頭がまだ痛むのか？　待ってろ、今このあたりの病院を調べるから」

スマホを手に立ち上がろうとする彼の手首を掴まえた。

「違うんです、ただ自分が情けなくて。せっかくの旅行を台無しにしたのが申し訳なくて……」

一緒に観光に行こうと言ってくれたのに。絶対に行くって答えたのに。

──彼とのはじめてのデートの約束だったのに。

土産物屋での買い物もロープウェイも、私のせいでぶち壊しだ。この機会に少しでも距離を縮めたいと思っていたのにそれもできなくなった。情けなくて悔しくて涙が止まらない。

「私はいつもそうなんです。肝心なときに役立たずで、お姉ちゃんとは似ても似つかなくて……悠生さんに呆れられて当然です」

「ちょっと待て、どうしてそこで冬美が出てくるんだ。ずっと忙しかったんだから体調を崩すのは仕方ないし、俺は呆れてもいない」

「だけど昨日から何度もため息をついていますよね？　私といると疲れるんですよね？」

彼が何度も困ったようにため息をついているのに気づいていた。それでも私といてくれる彼にどうにか楽しんでもらいたかったのに、挽回する機会を失った。

——そのうえ今度は彼の口から聞きたくなかった名前を自分のせいで言わせてしまって。

そのことが余計に自分を惨めにさせる。悠生さんが言う通り、私は不用心すぎるのだ。

「もうやだ……最悪」

両手で顔を覆った私を悠生さんが抱き寄せた。

「悪かった。昨日は俺が勝手に飛び出したせいで君に心配をかけた。熱が出たのは俺のせいだ」

——悠生さんは悪くない！

首をふるふると横に振る私を彼がさらにキツく抱きしめる。

「違う、違うんだ。ため息は君のせいじゃなくて俺の問題で……いや、いい。とにかく君は悪くないんだ。もう泣かないでくれ」

「ごめんなさい」

「君はいつも自信なさげで謝ってばかりだ。けれど俺は、そんな君が……そういう控えめなところも魅力だと思う」

身体を離して私を見ると、困ったように眉尻を下げる。

「わかった？　君は魅力的だと言ったんだ。頼むからもう泣かないでくれ。俺まで苦しくなってしまう」

「ごめんなさ……あっ、また」

「……その謝り癖を直すのは夫である俺の役目なんだよな。君の笑顔が増えるように頑張るよ」

頬の涙を指先で拭うとポンと頭を撫《な》でてくれた。

「ありがとう、ございます」

彼の柔らかい笑みにつられて思わず頬を緩ませる。

「うん、その調子だ。ありがとう、波瑠」

「こちらこそ……って、えっ、今、波瑠って」

私の記憶が正しければ、彼が私の名前を呼んだのははじめてのことだ。

「俺たちは結婚して夫婦になったんだ。名前を呼んでもいいだろう?」

軽く首を傾げて私の顔を覗き込む。

彼の言葉が鼓膜に響き、喜びがじわじわと全身に広がっていく。

「は、はい、喜んで!」

「ハハッ、威勢がいいな。その調子で早く元気になってくれ」

白い歯を見せてお日様みたいに笑ってみせた。感情が控えめな彼の満面の笑み。今日は失敗してしまったけれど、そのおかげで過去一番の表情を見られたのだ。結果オーライだと思っておこう。苦笑する私を尻目に彼が立ち上がる。

「東京に帰るのは明日の午後だ。それまではまだ時間がある、一緒に観光して帰ろう。俺たちのマンションに」

三日月みたいに細めた目が、優しく私を見つめていた。

——ああ、この笑顔をずっと見ていたいなぁ。見ていられたらいいのに。

けれどこの微笑みは本来お姉ちゃんのもので。私はただの身代わりで。名前を呼ばれて嬉しいはずなのに、なんだか胸が苦しくなった。

——ううん、今はそのことを考えるのはやめよう。

だって彼が私の名を呼び捨てにしてくれた記念すべき瞬間なのだから。

目蓋の裏をじんわりと熱くしながら、彼を見上げて微笑んだ。

「悠生さん、ふつつか者ですが、どうかよろしくお願いします」

「ああ、こちらこそ」

部屋を出ていく彼の背中を、嬉しくて複雑な気持ちで見送った。

悠生さんの看病のおかげで体調を取り戻した私は、夕方にはベッドを離れて動けるようになっていた。夕食はお粥の残りと悠生さん特製のチキンスープ。食事のあとは昨晩と同じように各々お風呂に入る。寝室のベッドでぼんやりと考えごとをしていたら、ドアがノックされて悠生さんが入ってきた。手には薬のシートとペットボトルの水を持っている。

「風邪薬はまだ飲んでおいたほうがいい。ここに置いておくよ」

「待ってください！」

ベッドサイドテーブルに置いてそそくさと立ち去ろうとする彼の袖口を、思わず掴んで引き止めていた。

「ここにいてください」

「えっ」

黙ってじっと見つめ合う。私は意を決して続く言葉を絞り出す。

「……ひとりは寂しいです」

彼の喉仏がゴクリと上下するのが見えた。

「君は……どういうつもりでそんなことを言ってるんだ」

「ここで私と……ベッドを、ともにしてほしいという意味です」

——とうとう言ってしまった！

これはさっきからずっと考えていたことだ。身代わりだろうが打算だろうがそんなのもう構わない。彼が私を選んでくれたというのなら、私はこの幸せが長く続くよう頑張りたいと思う。だから勇気を出して打ち明けたのに、悠生さんは口を半開きにして固まったままだ。

——あっ、失敗した。

焦った私は早口で言葉を捲し立てる。

「だ、だって私たち、結婚したんですよね？　これから一緒に暮らしていくんですよね？　私は、悠生さんと本当の夫婦になりたいです。だから、どうか……あっ！」

最後まで言い終える前に唇が塞がれた。チャペルでの結婚式から数えて二回目のキス。けれど今のこれはあのときとはまったく違う。強く押し付けられた唇は思いのほか熱くて強い。

そっと離れると至近距離から見つめられる。

「嫌じゃなかった？」

「嫌なはずないです。むしろ、もっと……」

「……波瑠っ！」

ベッドに上がった悠生さんが覆い被さってくる。再びキスが降ってきた。今度はさっきよりもゆっくりと、そして強く押し当てられる。

「はぁ……っ」

私が喘《あえ》ぐように息継ぎをすると、すかさず舌が入ってきた。口内をぐるりと舐《な》めまわされると身体の奥から甘い疼《うず》きが湧いてくる。

「ん……っ」

あまりの気持ちよさに脳芯が痺れる。彼に合わせて必死で舌を絡めていたら、次第に息が苦しくなってきた。呼吸ができずに首を振ると、ようやく唇が離れていった。

「大丈夫か？」

「はい……慣れてなくて、ごめんなさい。でも、私、大丈夫ですから」

私を見下ろす彼がゆっくり瞬きしてから息を吐く。

「駄目だな、我慢できなかった」

「我慢？」

「慣れてないとか、そういうことを男の前で迂闊《うかつ》に言わないほうがいい。理性を保つのが難しくなる」

――それって、私に欲情してくれてるってこと？

「理性なんて、保たなくていいです。私なんかでよければ、どうぞ抱いてください」

私は覚悟を決めるとみずから彼にキスをする。顔を離すとそのまま彼に抱きついた。

彼の本心などわからない。それでもどうせ元々諦めていた恋なのだ、後生大事に守ってきたはじめてを、好きな相手に捧《ささ》げられるのであれば本望だ。

――たとえそれが、一方通行の想いだとしても……。

「『私なんか』だなんて言わないでくれ。君を妻にと望んだのは俺じゃないか」

「だったら悠生さんも、もう我慢なんかしないでください。私たちは夫婦になったんですから」

「波瑠……ありがとう」

感極まった声が鼓膜に響く。

そんなにうちの病院が欲しかったのだろうか。七生会にはもっと立派な病院がいくつでもあるだろうに、そんなに父への憧れが強かったのか。けれど、それを含めての結婚なのだ。父の病院が目当てでも、世間体のためであろうとも構わない。彼が求めるのであれば、私はそれを与えるまでだ。

悠生さんが身体を起こして全裸になった。見事に引き締まった肉体美が明かりの下で晒《さら》される。

「波瑠……いいね？」

「あの、恥ずかしいです。電気を……」

部屋の明かりが落とされて、ナイトランプのオレンジ色だけがぼんやりと灯る。悠生さんが私のパジャマに手をかけて、あっという間に一糸纏《まと》わぬ姿にされた。互いに黙って見つめ合う。

「綺麗だ」

「恥ずかしい、です」

「大丈夫、俺も一緒だから」

熱い素肌が重なって、目蓋に、耳に、首筋に、彼の唇が押し当てられる。大きな手のひらで胸を包まれると、「あんっ」と鼻にかかった声が出た。

慌てて口を覆い隠そうとしたら、その手をシーツに縫い留められた。

彼の頭が下へ下へと移動していく。今まで誰にも触れさせたことのない秘密の部分に口づけられて、全身の血液が沸騰する。

「あっ、やっ、駄目……っ！」

言葉と裏腹に身体はその先を求めていて。

「波瑠、挿入《はい》るよ」

最奥を穿《うが》たれて、私は喉をさらして嬌声《きょうせい》をあげる。痛みと熱さと衝撃と。激しく揺すぶられたその先には、生まれてはじめての快感と悦楽が待っていた。

「悠生さん、私、もう……っ」

同時に腰を震わせて、ナカで彼が弾けた途端、私の眼前に星が散る。

「波瑠、愛してる……」

少し掠《かす》れた悠生さんの声が聞こえたけれど。

──ありがとう、たとえ嘘だとしても、嬉しいです……。

そう言葉にする前に、私の意識は光の中に吸い込まれてしまったのだった。

遅れて来た初恋　side悠生

カクンと肘枕から頭が落ちて、意識が急浮上した。ずっと彼女の寝顔を眺めていたはずなのに、さすがに俺も疲労が溜まっていたらしい。三十分ほど見つめていたところでうとうとしてしまったようだ。

――そりゃあそうか、あんなに激しく抱いたんだからな。

ある研究結果によると、セックスによるカロリー消費は三十分で約百キロカロリー、ジョギングを十五分ほどした運動量に相当するという。俺たちの場合は余裕でもっと長く肌を重ねていたし、しかも結婚式から引き続きの遠出に波留の発熱まであった。そりゃあ疲れも出るというものだろう。

――けれどこれは、心地いい疲労感だ。

俺は目の前で無防備に寝入っている新妻を改めてじっと見つめる。長いまつ毛にツンとした小さい鼻。かすかに開いた唇が愛らしく、今すぐにでもまた吸いついてしまいたくなる。しっとりと汗で濡れた髪が、彼女の顔にかかっている。俺はそれをそっと指先で掻《か》き上げながら、目蓋の上にキスを落とす。

「これは……重症だな」

こんな甘ったるい気持ちになるのも、ここまで我を忘れて没頭するのもはじめてだ。

俺は昨日、ずっと大好きで、やっと手に入れた初恋の女性、倉木波瑠を抱いた。

＊＊＊

きっかけは大学三年生の夏、医学部の同期で友人の倉木冬美にアルバイトの紹介をされたことだった。

「ねえ悠生、英訳のアルバイトをしてみない？」

我が家と同様、冬美の実家も病院を経営しており父親が外科医だ。なんでも彼女の父親がアメリカの医学雑誌に論文を投稿したいそうで、文章を英訳できる人を探しているらしい。

「いつも私が手伝わされてるんだけど、結構面倒なんだよね。英語ならあなたのほうが得意だし、参考文献の翻訳だってできるでしょ？」

たしかに俺は英語が得意だ。帰国子女なうえにニューヨークへの留学経験もあるため、そうでない人よりは読み書きも英会話もできると自負している。

「バイト料を弾むように私が交渉しておくしさ、よその病院を見ておくのも勉強になると思うんだ」

短期間だけだし時間の融通もきく。希望するなら病院で検査や診察の手伝いもできるよう取り計らってくれるという。

――たしかに、それはいいかもしれない。

消化器外科医の専門医を目指している俺としては、その道の先輩である冬美の父親の手伝いをできれば勉強になる。論文もそうだが、手術の見学もさせてもらえればいい経験になるだろう。

――それに冬美には借りがあるしな。

じつは俺と冬美は恋人なんかじゃない。過去も現在も、この先もずっと。もっとわかりやすく言えば、付き合っているフリをしていただけの『偽の恋人』だ。

昔から嫌というほどモテてきた。こう言うと嫌味に聞こえるかもしれないが、俺にとっては自慢でも何でもなく、ただの災難で苦行でしかなかった。

全国にグループ病院をいくつも抱える医療法人七生会御曹司の肩書は伊達じゃない。幼い頃から次から次へと女が寄ってきて、俺の奪い合いで喧嘩《けんか》を始める。兄とふたり兄弟だった俺は口下手で、昔からやかましい女性が苦手だ。勝手にぐいぐい迫ってきたくせに、相手にしないと『冷たくされた』と泣き喚《わめ》く。バレンタインデーには教室のド真ん中で手作りのチョコを食べてくれと迫られて、嫌だと突っぱねたら箱ごと顔に投げつけられたこともある。

これ以上、勘違い女を量産するのはまっぴらだ。だから中学校に入学するのをきっかけに、俺は女子には徹底して冷たくしようと決めた。

付き纏われて勉強の邪魔をされるくらいなら、最初から嫌われものでいたほうがマシだ。

百八十三センチの高身長に鋭い目つき。これに無愛想さを追加すれば十分威圧的だ。それで多少は被害が減ったものの、『クールなところが格好いい』などと言う物好きもいるから始末におえない。

なかでも大学時代、薬学部にいた女子は筋金入りだった。どれだけ無視をしても俺を追いかけてきて、会うたびにラブレターを手渡してくる。スルーして受け取らなくても講堂で俺の座っている席に置いて走り去っていく。十枚綴《つづ》りの大作で、普通の封筒に入りきらないから茶封筒入りだ。『愛している』とか『あなたが運命の人』とか『身体だけの関係でもいい』だとか。ご丁寧に口紅のキスマークまで付いている。

——そっちがよくてもこっちが嫌なんだ！　好きだというのなら察してくれ！

気味が悪いし落ち着かない。あまりにもしつこくて頭を抱えていたところ、同じ医学部の冬美から声をかけられたのだ。

「――ねえ、目の下の隈《くま》がすごいけど、ちゃんと寝てる?」

大学一年の八月。学期末試験を終えてほっとひと息ついていると、いきなり頭上から声がした。顔を上げると、同じ医学部の有名人、美女で才女の倉木冬美が立っている。

「大丈夫だ、放っておいてくれ」といつものごとくつっけんどんに答えたら、「あなた、自意識過剰なんじゃないの?」と仁王立ちして叱られた。

彼女は綺麗な顔立ちで非常にモテるが、外見や肩書で寄ってくる男に辟易《へきえき》しているらしい。誰かに告白されても『恋愛に興味ないから』とあっさりと振っていた。まるで俺の女バージョンだ。

俺と同じく飲み会にもコンパにも興味がないし、サバサバしていて男以上に男らしい豪快な性格をしている。勉強優先なところや考え方が似ていたことから一緒にいることが増えてきて、そのうちに俺が普通に話せる数少ない女性となった。

「――なあ、どうしたら女性に嫌われることができるんだ?」

例の女性の付き纏いにほとほと困り果てていた俺は、ある日、ラブレター攻撃の件を冬美に相談してみた。

「無視しても追いかけてくるのなら、ハッキリ嫌いだって言ってあげればいいじゃない」

「そんなのとっくに言ってるよ。さすがに嫌いとまでは言わないが、興味がないと伝えている」

「う〜ん、だったら恋人がいるって言っちゃえば？」

なんと冬美は自分が恋人のフリをすると提案してきた。

「無関係な君を巻き込むわけにはいかないだろう」

「いやいや、悠生と一緒にいる時点で、とっくに嫉妬の視線に晒されてるし」

「えっ、そうなのか⁉」

俺はまったく気づいていなかったのだが、入学以来ずっと女子との接触を避けていた俺が唯一冬美とは話をしているため、ふたりが付き合っているのでは？と噂《うわさ》になっているらしい。

「噂が本当だって言っちゃえばいいよ。それに悠生の彼女役ができるのなんて、私ぐらいしかいないじゃない」

自信に溢れる冬美は自分の価値も知名度も心得ていた。俺の彼女が冬美であるとなれば、大抵の女性は戦意消失するだろうと言ってのける。

「変な女が寄ってきたら私が追い払ってあげる」

こうして冬美の提案で、大学内では彼女と恋人のフリをすることになったのだった。

ある日、校内のカフェテリアで冬美と丸テーブルを挟んでランチをしていると、例の薬学部の女子がツカツカと近づいてきた。いつものように茶封筒を差し出してきたところで冬美が押し返す。

「ねえ、私の彼氏にこういうことをしないでもらえるかなぁ」

「は、彼氏？　何言ってるの？」

眉を吊り上げた女子に冬美が畳みかける。

「この人、私にゾッコンだからあなたのことなんて眼中にないよ。悠生も迷惑だって言ってるし、もう付き纏うのはやめてあげて。ねっ、悠生？」

「ああ、彼女に誤解されたくないんだ。もう俺に近づかないでくれないか？」

薬学部の女子が唇をブルブル震わせたかと思うと、俺の前から水の入った紙コップを奪い取る。バシャッと勢いのある音がして、次の瞬間には冬美が頭からびしょ濡れになっていた。

「馬鹿っ！　裏切りもの！　ふたりとも消えろ！」

空の紙コップを床に投げ捨てると、彼女は捨てゼリフを残して走り去っていった。

「冬美、申し訳ない。タオルを探してくるよ」

「大丈夫、コップの水が少なかったし、こんなの紙ナプキンで十分だよ。暑いからすぐに乾くでしょ」

そう言って冬美が豪快に笑ってみせたのを覚えている。

それ以来、薬学部の女子のラブレター攻撃はもちろん、ほかの女子からのアプローチもぱったりと途絶えた。嘘の恋人効果は絶大だ。

こうして助けられたこともあって、俺は冬美には頭が上がらない。アルバイトの依頼も喜んで引き受けたのだった。


俺がはじめて倉木家を訪れたのは、大学三年生の夏休み。短時間のアルバイトのつもりが彼女の父親にことのほか気に入られ、いきなり夕食の席に招待された。

「お兄さんがいるのなら跡は継がなくてもいいんだろう？」などとあからさまに探りを入れられる。冬美とは大学で嘘の恋人を演じているが、本当に付き合っているわけじゃない。期待されるのも困るので、ここは曖昧な笑顔でごまかしておく。

バイトを終えると冬美が門まで見送りについてきた。

「父は悠生のことを気に入ったらしいよ。そのうちにあなたの親に見合いの打診でもするんじゃない？」

「先生に気に入られるのはありがたいが、冬美との見合いはないな」

「こっちこそ。私は恋人にするなら断然情熱的で積極的なほうがいい。あなたみたいに冷めてスカしてる男は絶対にないわ」

「それで結構」

恋愛などにうつつを抜かして時間を無駄にはしたくない。医学部での勉強は残り三年間。これから厳しい実習も待っている。ここまでやって国家試験に落ちたらただの馬鹿だ。

それにどうやら冬美は医師至上主義の父親にいい感情を持っていないらしい。医師にはなるが親が決めた相手と結婚なんてまっぴらだ。大学にいるあいだは大人しくしておくが、卒業後は家を出てひとり暮らしをするつもりだ……と苦々しい顔で吐き捨てた。

「ねえ、いっそのこと恋人になっちゃおうよ」

「えっ」

冬美が提案してきたのは親に向けての『偽の恋人』だ。

「このままにしておいたら正式に見合い話が進むと思う。私たちはもう付き合ってる、将来のことはちゃんと考えてるって言っておけば放っておいてくれるんじゃない？」

「いや、大学の中だけならまだしも、親も騙《だま》すとなるとさすがにマズいだろ」

「今回お見合いを回避できたとしても、いずれまた見合い話を押し付けられるに決まってる。悠生だって同じじゃないの？」

俺は気楽な次男だが、両親的には俺に系列病院の院長か、兄が院長を務める本院の副院長になってほしいと考えているフシがある。実際、医学部に入った直後から、系列病院の娘や良家の子女との見合いを勧められていた。

——たしかに見合い回避にはなるな。

国家試験に合格するまでは余計なことに煩わされず勉強に集中したい。冬美と付き合っていることにしておけば、少なくともそのあいだは彼女だの見合いだのと言われずに済むだろう。

「……わかった。冬美の案に乗るよ」

そして翌日、倉木家の食卓で冬美が恋人宣言をして、俺たちの『偽の恋人』が始まった。

冬美の妹の波瑠は当時中学二年生で、倉木家の食卓で顔を合わせたのが最初の出会いだった。

目がやけに大きくてくりっとしていて、茶色い髪は長くてうねうねしている。綺麗系でツンとした印象の冬美とは正反対のかわいい系だ。

あとで冬美にそう印象を伝えたら、冬美が父親似で波瑠が亡くなった母親似なのだと教えられた。

「あの子、私と違って箱入り娘なの。父が電話もメールも管理して完全ガードしてるから、自分がかわいいことにも無自覚でさ。自己評価が異様に低いし、なんかふわふわしていて危なっかしいんだよね」

――ふわふわしていて危なっかしい……か。なんとなくわかる気がするな。純真無《む》垢《く》って感じだな。

そんなふうに思いつつも、最初はいつものように冷たい態度で接していた。過去の経験から、下手に優しくして惚れられるのは困ると考えていたからだ。

「ねえ、父だけじゃなくて波瑠も私たちのことを恋人同士だって信じきってるよ」

「俺の演技もなかなかだな」

「波瑠ったらさ、あなたのことを、あんな無愛想でドクターになれるのかって」

しかも俺が冬美をいじめていないかと本気で心配しているらしい。いじめるって、なんだ、それ。

「たしかに無愛想は当たってるわ～って思ったけど、一応恋人らしくフォローは入れておいてあげたからね」

「俺はしつこい女性が苦手なだけだ。患者相手なら普通にできる」

「それにしても、さすがのモテ男も波瑠の前では通用しないんだね。思い切り悪口言われてて笑えたわ」

——たしかに。

そう仕向けているのだから陰口を言われるのは仕方がないが、そこまで俺を嫌う女性も珍しい。

——まあ、惚れられるよりはいいが……。

次に波瑠と廊下ですれ違ったとき、彼女が珍しく俺を呼び止めてきた。

「あの、姉をよろしくお願いします！　たっ、大切にしてください！」

やけに深々と頭を下げてから、目も合わせず脱兎《だっと》のごとく自分の部屋に逃げ帰る。

よほど俺のことが怖いらしい。

——ハハッ、だから俺はいじめっ子じゃないんだって。

夏休みのバイトを終えたあとも、俺は時折倉木家を訪れていた。冬美の父親に珍しい症例の手術を見学させてもらったり翻訳を頼まれたりしていたし、そのあとは食事に呼ばれたり冬美の部屋にも通っていたからだ。

冬美の部屋ではもちろん恋人らしい空気など微塵《みじん》もなく、いつもひたすら勉強漬けだ。彼女は切磋琢磨《せっさたくま》できるライバルでもあったから一緒に勉強するのはためになったし、周囲に恋人関係を疑われないためにもいいカモフラージュになっていた。

その後も波瑠とは短い挨拶だけの関係が続いていた。

彼女は俺と遭遇すると、いつも慌てたようにペコリと頭を下げる。少し困ったような、身の置きどころのないような、早く逃げ出したそうな、そんな顔。

白うさぎみたいにいたいけな少女を怖がらせてしまっている。俺はそのことに罪悪感を感じ、なんだか胸がチクリと痛む。今までそんなふうに思ったことなどなかったのに。

――怖がる必要はないんだよ……って言ってみようか。

『顔つきがキツいのは生まれつきだ。君のことを嫌っているわけじゃない』そう言えばあの子は笑顔を見せてくれるかもしれない。

――いやいや、見せてくれるかもって、なんだよ、それ。

そんなふうに波瑠のことを考える時間が増えていき、少しずつ少しずつ、俺の中で彼女の存在が大きくなって。けれどまだ、そのときの俺は自分の気持ちに無自覚だった。自分は女嫌いだと自負していたし、まさか七歳も年下の子に惚れるなんて考えてもみなかったのだ。

医学部五年になった春、俺は冬美から波瑠が第一希望の高校に入ったと聞かされた。

──そうか、彼女はもう高校生になったのか。

「なあ、妹さんに入学祝いを贈りたいんだが、何がいいだろうか」

「えっ、波瑠に⁉」

なぜか冬美が驚いた顔をして、それからニヤリと口角を上げる。

「あの子が喜ぶのは料理道具や編み物用の毛糸だと思うけど。あとは通学に使えるマフラーとかかな」

料理道具や毛糸なんて俺にはまったくわからない。そっちはお手上げだが、マフラーだったらどうにかなりそうだ。

──それに駅のホームは風が強くて、春とはいってもまだ冷える。風邪を引いたら大変だ。それに……。

彼女の制服姿を思い出す。あの子は学校に行くときだけポニーテールにしていたっけ。癖っ毛だから毛先がクルンとなっている。

あの細くて白い首筋を、無防備に晒させるのがなんだか嫌だな……と思った。

翌日、病院実習の帰りに百貨店に寄った俺は、とりあえず知っているブランドの店に行き、彼女に似合いそうなマフラーを探した。

「女子高生に似合いそうなものを探しているんですが」と店員に聞くのは恥ずかしかったが、彼女の笑顔を思い浮かべながら品物を選ぶのは案外楽しかった。

「彼女さんですか？」と聞かれて、弾みで「はい」と答えてしまったのは誰にも内緒だ。

「――冬美、これを妹さんに渡してくれないか？」

冬美の部屋で包みを差し出したところ、「そんなのは自分で渡しなよ」と言われてしまった。

「俺が、自分で⁉」

そんなのは俺らしくないし、気があると思われるのも困る。そう言っているのに冬美の態度はそっけない。

「何言ってるの、それは私からのプレゼントじゃないし、あなたが波瑠に贈りたくて買ったんでしょ？　最後まで自分で責任持ちなよ」

自意識過剰だと叱られて、直接渡す羽目になってしまう。

波瑠がどこかに出かけようとしていたところを呼び止めて、いつになく緊張しながら包みを渡す。喜んでくれるかと思ったが、彼女はなぜか困惑顔だ。

——そうか、気に入らなかったか。

「ごめん、好みじゃなかったのなら、無理に使わなくても……」

「いっ、いいえ、嬉しいです！　ただ、私なんかにこんな高級品は分不相応で、いいのかなって」

そんなのいいに決まっている。君の顔を思い浮かべながら真剣に選んだのだから。

俺は波瑠の手からマフラーを奪うと、彼女の細い首にぐるりと巻いた。

——その白いうなじを簡単に晒しちゃ駄目だ。まったく君は無防備すぎる。

「うん、似合う」

けれど俺の行動に驚いたのか、波瑠が階段から足を踏み外してしまう。慌てて彼女を引き寄せて、俺の胸に抱え込んだ。小さくて華奢《きゃしゃ》で、けれど思いのほか柔らかい。

ドクンドクンドクン……自分の心臓の音がやけに大きく聞こえてきて、彼女にも動揺が伝わってしまっているのではと心配になる。

そっと身体を離すと波瑠の顔が耳まで真っ赤に染まっている。白うさぎがゆでダコになった。かわいらしいな……と胸が疼く。

「それだけだから。じゃあ」

平静を装い背を向けて、冬美の部屋にそそくさと逃げ込んだ。

「悠生、顔が赤いけど、大丈夫？」

冬美がニヤニヤしながら俺を見てくる。

「大丈夫だ。問題ない」

――そうだ、問題ない。俺はただ、親友の妹に入学祝いを渡しただけで、階段から落ちそうになったのを支えただけなんだから。

だって相手は七歳も年下の高校生で、仮にも恋人だと公言している相手の妹で。俺は女性に興味はないし、今は実習に集中したいし……だなんて。

俺は本当に愚か者だ。親友の妹とはいえ、わざわざプレゼントを贈りたいと思う時点でとっくに始まっていたというのに。

自分の気持ちに向き合おうとせず、騒がしい胸の理由から目を逸らして逃げていた。

そんな俺の気持ちを決定づけたのは、波瑠のストーカー事件があったときだ。

「波瑠が他校の男子生徒に付き纏われてるみたいなんだよね」

実習の合間に冬美にさらりと告げられて、俺の全身が総毛立った。

「おい、もっと詳しく話してくれ」

聞けば他校の男子生徒が波瑠の学校の前で待ち伏せし、そのまま家までついてくるという事件があったという。

「それは……マズいだろう」

「うん、告白されて断ったらしいんだけど、相手が未練がましくウロウロしててさ」

「そんなのストーカーだろ。警察に突き出してやれよ」

「でも、何をされたってわけでもないし難しいんだよね」

校門からあとをつけてくるのものの、かなり離れた距離からゆっくり歩いてくるだけなので、こちらから文句を言うわけにもいかない。家の前まで来ているのは確実なのだが、家政婦が姿を見かけたときにはさっさと立ち去ってしまうそうだ。

「いや、どう考えてもヤバいだろう」

「うん、波瑠は危機感が薄いんだよね。どうせニッコリ微笑みかけたりしちゃったんじゃないの？」

家にかかってくる電話も、男子であれば家政婦が取り次がないことになっている。だから自分がモテていることにも無自覚で無防備なのだという。

波瑠の女友達が一緒に登下校してくれているらしいが、それくらいでは防止策にならないだろう。相手は男子高校生だ。力づくで来られたらひとたまりもないじゃないか。

心配になった俺は、実習帰りに倉木家の前まで様子を見に行くことにした。俺の行為も十分ストーカーじみているが、波瑠の身を守るためだから許してほしい。

三日目で門の前から波瑠の部屋のあたりを見上げている男子高校生を発見し、全力ダッシュして胸ぐらを掴む。

「おい、おまえがストーカー野郎だな！」

「ちょっ、俺はただ、倉木さんに振り向いてほしくて……っ！」

「彼女には俺がいる！　おまえには見込みがないから諦めろ！　これ以上彼女の周りをウロつくようなら俺が警察に突き出してやる！　それとも今すぐおまえの家に話をしに行くか？」

一気に捲し立てるとそいつは青い顔をして逃げていった。これだけ言ってやったんだ。真性の馬鹿じゃない限り行動を改めるだろう。

――それにしても、『俺がいる』って……。

今わかった。これが俺の本心だ。なんだかんだと自分に言い訳していたが、結局俺は彼女のことが好きで、自分が恋人になりたいと思っているのだ。

「俺もさっきのあいつと同類だ」

いや、家に入り込んでいるだけ俺のほうがタチが悪い。俺は波瑠からすれば姉の恋人で、しかも無愛想で意地悪な男だと嫌われているのだから。

恋心を自覚した途端に失恋決定。なんとも情けない話だが、自業自得だ、どうしようもない。俺は気持ちを押し殺して、今までと同じように波瑠と距離を置くことに決めた。

——そのはずだったのに。

やはり波瑠のことが心配でたまらなかった俺は、防犯ブザーを買い与えることを思いついた。こんなものは気休めだろうが、何もないよりはマシだろう。彼女の安全確保はもちろんだが、俺の精神安定上、どうしても持っていてほしかったのだ。

翻訳のバイトのついでを装って、倉木家の廊下で防犯ブザーを手渡した。

「そんな、わざわざよかったのに」

——ほら、こういうところだ！

冬美が言っていた通り、この子は本当に無防備すぎる。もっと自分の魅力を自覚してほしい。

自分勝手な理由でイラついた俺は、思わず声を荒げてしまう。

「ストーカーに遭ったというのに何を言っているんだ！　だいたい君はぼんやりしすぎだ！　もっと自覚を持ったほうが……！」

「ちょっと悠生、顔が怖い！」

一緒にいた冬美に窘《たしな》められて、ようやく俺はハッとする。

自分だってタチが悪い男のひとりだというのに、それを棚に上げて彼女を責めた。わかっている。こんなのはただの嫉妬だ。彼女にほかの男が近づくのが許せないだけなんだ。

「悪い、言いすぎた……。とにかく、君はもう少し気をつけたほうがいい」

どうにかそれだけ告げて書斎へと向かった。

「──悠生があそこまで感情的になるの、珍しいね」

あとで冬美の部屋に行くと、彼女に改めて追求される。

「……うるさくして悪かった」

「それはいいけど……ねえ、いっそ波瑠と付き合ってみる？」

「えっ⁉」

「いや、悠生も波瑠とだったら話せるみたいだし、そろそろ本当の彼女が欲しいのかな〜って思ってさ」

「何言ってるんだ、冬美が彼氏と結婚する準備が整うまでは恋人のフリを続けるって約束だっただろ？」

少し前から冬美には恋人ができていた。医師ではなく総合商社に内定済み、しかもひとつ年下だ。父親が反対することは確実だからと、彼との交際は隠している。

倉木先生には申し訳ないが、今さら俺の都合で冬美との約束を反故《ほご》にするわけにはいかない。

――それに波瑠のほうが俺にまったく気がないのに、余計なことを言って気まずくなりたくない。

俺だって過去には言い寄る女性たちに迷惑していたのだ。興味のない相手に近づかれる苦痛は身に沁みてわかっている。これ以上波瑠に怖がられるのは勘弁だ。

「ふ〜ん、まぁ、私的にはこのままフリを続けてくれるなら大助かりだけど」

「俺だって女除けになって助かってるよ。国家試験に合格するまでは勉強に集中したいしな」

「でもさ、さすがにいつまでも『君』とか『あのさ』はないんじゃない？　そろそろ波瑠って呼んであげなよ」

「そっ、そんなの今さら……」

「今さらって、もうかなり長い付き合いじゃん」

「付き合いって、彼氏でもないのに図々しいだろ」

冬美からは呆れた顔をされたけれど、俺だってどうしたらいいのかわからないんだ。

こうしてあっという間に十年の歳月が過ぎ、俺は大学病院で外科医としてのキャリアを積んでいた。

両家の親から「そろそろ結婚しては」と言われ始めた頃に冬美の恋人の転勤話が持ち上がり、彼女からニセの恋人関係を解消したいと告げられる。

もちろん俺は大賛成だ。今まで女除けの役を果たしてくれて感謝しているし、彼女のおかげで波瑠と出会うことができたのだから。

「――悠生、私、チャペルを予約したよ。彼と結婚する」

「そうか、わかった」

今から一ヶ月ほど前の四月あたま、病院で冬美からそう告げられた。

冬美は父親を裏切ってでも恋人との恋路を貫く覚悟だ。自分の気持ちに素直になれる彼女が羨ましい。

――俺は一生結婚できないだろうな。

心に波瑠がいる限り、ほかの女性を好きになるなんて無理だ。仕方がない、いっそ独身を貫くのもいいだろう。

——だったら冬美を応援しよう。俺のぶんまで幸せになってほしいから。

「頑張れよ。俺が先に浮気したとかクズだったとか、適当な理由をつければいい」

「ありがとう。最後まで迷惑をかけるけど、ごめん」

冬美と彼氏が国外脱出するまで油断できない。相手の会社に苦情を入れられでもしたら、海外赴任も立ち消えになる恐れがある。

周囲には、忙しいから身内だけの式だと告げて準備を開始した。実際にチャペルで結婚式を挙げるのは冬美とその恋人だ。事前に話をしても父親に受け入れられないだろうと思った冬美は、結婚式で花婿を入れ替えて強行突破しようと考えたのだろう。

彼女はその翌日には、シンガポールに出発する。

月曜日の当直明け。仮眠室に戻ろうとしていた俺は、廊下の途中で冬美と会った。

「おはよう、当直お疲れさま。虫垂炎《アッペ》の緊急オペが入ったんだってね」

「ああ、穿孔《せんこう》性だったが開腹せずに腹腔鏡で処理しておいた。洗浄もしっかりできているはずだ。それよりも……今日から有休じゃなかったのか？」

俺は私服姿の冬美に目をやった。彼女は父親の病院に移るという名目で大学病院を退職する。今日から有給を取って渡航準備をすると聞いていたのだが、彼女の口から出たのは予想外の言葉だった。

「ちょっと事務手続きがあったのと、悠生にも話があって。昨日、家族に彼の転勤についていくことを報告したからね。もちろんあなたと結婚しないということも」

「報告したって……どういうことだ」

周囲にはギリギリまで真実を伏せておくことになっていたはずだ。当の本人が一ヶ月近くも前にバラすなんてどうかしている。

「日本で入籍してから海外赴任についていくのは変わらないよ。でも、よく考えたら波瑠は事前に知っておく権利があるなって思って」

「権利？」

「だって私がいなくなれば波瑠が病院を継ぐわけだし」

――えっ？

倉木先生はあくまでも娘とその夫に病院を継がせたいと考えているのだという。自分がいなくなれば妹に話が行くのは当然だ……と冬美が告げるのを聞いて、俺は唖然《あぜん》とした。

「おい、話が違うぞ。妹さんは医師じゃないし、自分がいなくなればほかに適任者を探してくるだろうって、君がそう言ってたんじゃないか」

親戚にも医師がいるし、倉木総合病院内にだって優秀な医師がいる。後継者が自分である必要はない……と冬美は言っていた。だからこそ俺だって協力してきたのだ。

「だから、適任者を探して波瑠と結婚させるってこと。たぶんそうなるだろうとは思っていたけど、案の定、今度は波瑠がお見合いするって」

「妹さんが、お見合い⁉」

「うん、そう。元々父は波瑠を早く結婚させたがっていたし、波瑠も父親に逆らえる子じゃないしね」

さらりと告げる冬美に怒りを覚える。そして娘たちを道具のように考えているその父親にもだ。

後継の冬美がいなくなるならその妹に……だなんて、そんな時代錯誤な話があるものか。何より、その可能性を失念していた自分を殴りたい。見ているだけで幸せだなんて、そんなのは俺の独りよがりだった。

「いっそ悠生が波瑠と結婚してくれたらいいのに」

「えっ⁉」

「な～んてね、でも無理か。悠生は女嫌いだもんね。波瑠にもずっと冷たかったもんね」

「嫌われているのは俺のほうだろう。彼女が俺なんかを相手にするわけがない。七歳も歳上で、嘘でも冬美の恋人だったんだぞ」

「今どき七歳くらいの年齢差は珍しくないでしょ。恋人の件も私がほかの男と結婚するんだから関係なくなるし」

父親は自分の病院が存続できるのであれば波瑠の結婚相手は誰でもいいのだ。たとえそれが、長女の元恋人であろうとも……と続く。

「でもまぁ、私は波瑠が幸せになってくれるなら誰が相手でも構わないんだ。それじゃ、当直お疲れさま！」

冬美は俺の頭上にとんでもない爆弾を落としたまま、片手をひらひらと振って去っていった。

「彼女が……結婚……」

いつかその日が来るとは思っていたが、いざ目の前に突きつけられると衝撃だった。後頭部を鈍器で殴りつけられたみたいだ。

──彼女が結婚してしまう。あのかわいらしい笑顔も白い肌も、すべてほかの男のものになる。

「そんなの……絶対に嫌だ」

そうだ、冬美の言う通りだ。俺はもうフリーになった。誰に恋しようが結婚しようが自由じゃないか。きっと波瑠は拒否するだろうが、もうそんなことで躊躇《ちゅうちょ》している段階じゃない。とにかくまずは、彼女の見合いを阻止しなければ。

――彼女がほかの男と結婚してしまうくらいなら、この俺が！

そう考えたらいてもたってもいられなかった。本当は帰宅前に自分の患者の回診だけ済ませておこうと思っていたが、それは午後からでも構わない。緊急性がないし、むしろ俺の状況のほうが緊急事態だ。

白衣をロッカーに放り込み、慌てて車に飛び乗った。そのあいだに脳みそをフル回転させて、彼女を説得する方便を考える。

――絶対に見合いを阻止しなくては。恥ずかしいとか今さらなんて言ってる場合じゃない。死ぬ気でプロポーズをしよう。ちゃんと彼女の目を見て、名前を呼んで……。

そんな気持ちで倉木総合病院の駐車場に到着すると、ちょうど出先から帰ってきたらしい倉木先生と出くわした。

「悠生くん！」

「倉木先生！」

ふたり同時に駆け寄って、同時に必死の形相で呼びかける。先に言葉を続けたのは倉木先生だった。

「君と連絡を取りたいと思っていたんだ！　何度か電話もしたんだが……」

慌ててスマホを見ると、倉木先生からの着信履歴が残っている。当直明けで冬美の言葉を聞いてすぐに駆けつけたものだから、スマホを見てもいなかった。そのまま院長室に通されて、倉木先生から謝罪とともに事情を聞かれる。

――しまった、ちゃんと打ち合わせしておくべきだった。

冬美の言葉に慌てるあまり、彼女がどうして急に予定を変更したのかも、いつまで日本にいるのかも聞いていない。とにかく波瑠の見合いを阻止することしか考えていなかったし、波瑠に会う前に倉木先生と遭遇する可能性も考えていなかったのだ。

――どこまで話していいものか。

じつは大学時代から共謀して皆を騙していました。結婚なんてする気はありませんでした。俺が本当に好きなのは妹さんのほうなんです……だなんて。

冬美がここにいない以上、迂闊なことは言わないほうがいいだろう。勝手に計画を変更した挙句、説明不足なまま丸投げしてきたことは腹立たしいが、頭のいい彼女のことだ、何か考えがあってのことに違いない。冬美とは本当の恋人でなかったにせよ、何年間も同士として共闘してきたんだ。彼女が理由もなくこんなことをするとは思えない。

——それに何より、ここで倉木先生に認められなければ波瑠に告白どころじゃなくなってしまう。

特大のハードルを目の前に必死で考えを巡らせた俺は、ソファーで姿勢を正して口を開いた。

「倉木先生、僕と妹の波瑠さんを結婚させてもらえませんか？」

「波瑠と⁉　だが君は……」

こうなったら先手必勝だ。戸惑う先生を前に俺は一気に畳みかける。

「冬美さんが恋人とシンガポールに行くのは聞きました。もしかしたらもう出発しているのかもしれません。しかしうちの両親も月末には僕が結婚するものと思っていましたし、僕自身も倉木先生と一緒に働かせていただくのを楽しみにしていたんです」

「それは私だって。しかし……」

倉木先生は難しい顔で考え込んでいたが、しばらくすると組んでいた腕を解いて俺を見た。

「じつはうちの病院が七生会グループの傘下に入ることになっていたんだ。冬美との縁談がなくなったとしても、どうにかグループに加えてもらえるようお願いするつもりではいるんだが」

この病院の経営状況が芳しくないことは冬美から聞いて知っていた。病院の評判が悪いわけではなく、競合他社の乱立で患者が分散した形だ。

七生会グループ傘下であれば患者の情報を共有できるし、グループ内で患者の紹介や転院が容易なので患者離れが起きにくい。さらに言えば七生会で医療機器を一括購入することでコスト削減にもなっている。

グループに加入したいと言ってくる病院はいくつもあるが、父は厳選していると言っていた。そのひとつが倉木総合病院であり、俺と冬美がいずれ結婚すると見込んで親同士で皮算用していたのだろう。需要と供給がかみ合っていたところがいきなり崩れてしまったというわけだ。

「ですから僕が波瑠さんと結婚すれば、提携話はそのままでいいわけですよね」

「だからと言って姉が駄目なら妹というわけにはいかないだろう。君のご両親もだが、波瑠だって……」

「僕が絶対に説得します。両親も、波瑠さんも。もしも波瑠さんがいいと言ったら結婚を認めていただけますか」

この機会を逃すわけにはいかない。俺は波瑠との結婚も倉木総合病院のグループ加入の件も任せてほしいと請け負って、波瑠の父親の説得に成功したのだった。

結果として、俺と波瑠の結婚を渋る両親を説得したのは倉木先生と俺のふたりだった。ことの顛末《てんまつ》を説明しようと実家に帰ったときにはすでに両親は知っていた。冬美が違う相手と結婚することも、連絡が取れなくなっていることも。

じつは俺より先に倉木先生がここに訪れており、両親に土下座して謝罪したのだという。次男を蔑ろにされたと憤慨していた両親だったが、波瑠との結婚は俺が望んだことだと伝えると、戸惑いながらもどうにか受け入れてくれた。

「こちらとしては納得がいかないところがあるが、おまえ自身がそれでいいと言うのなら俺たちがこれ以上言うことはないだろう。こちらとしても以前からあのあたりにグループ病院を建てたいと思っていたのだし、倉木総合病院がうちの傘下になるのは喜ばしいことだしな」

経営に関してはシビアな父親で助かった。俺の熱心な説得を聞き入れて、最後には首を縦に振ってくれた。

チャペルでの結婚式は俺のエゴだ。冬美から波瑠が白い教会での結婚式に憧れていると聞いたことがあったから、それを叶えてあげたいと思ってしまった。何より俺が彼女の花嫁姿を見たかったというのもある。彼女にとってはただの政略結婚。そのうえほかの教会を予約しようとした俺を、彼女は「そこでいいから」と言い張った。俺の元恋人だと思っている姉が予約したその場所でバージンロードを歩くだなんて、屈辱以外の何物でもなかっただろう。

――ごめん、波瑠。そのぶん絶対に幸せにするから。君が好きだと全力で伝えるから。だから、叶うことなら君にも俺を好きになってもらいたい。

こうして俺は卑怯《ひきょう》な方法で彼女を手に入れたのだった。

＊　＊　＊

「――それにしても、余裕がなさすぎた」

俺は波瑠の寝顔を見つめながら独りごちる。彼女はよほど疲れているのだろう、軽い寝息を立てたまま、今もぐっすり夢の中だ。

――はじめてなのに、激しくしてしまった。

ここに至るまでが急展開すぎたし、波瑠は心の準備ができないまま、父親と病院のために俺と結婚した。

だからせめてこれからゆっくり愛を育んでいこう、焦ることなく大人の余裕でリードして……なんて考えていたのに。

「波瑠が煽《あお》るから悪い」

ようやく結婚できることになり、俺としては楽しみでもあったが不安もあった。

波瑠を抱きたい。けれど俺を好きなわけでもない彼女を抱いてしまっていいのだろうか。それ以前に彼女が受け入れてくれるかどうか。悩んだ俺は、結婚生活の中で徐々に距離を詰めていこうと決めた。ここに来るまでずっと我慢してきたんだ、今さら半年だろうが一年だろうがいくらだって待てるはずだ。

——待てるのか？　俺。

不安は的中し、結婚初日にいきなり危機が訪れた。ふたりきりの車内に別荘での急接近。手際よくサンドイッチを作る指先に見惚《みと》れていた。

寝室は別にするとしても、同じ建物で二泊だなんてどんな拷問だ。旅行を決めたのは俺なのに、すでに後悔し始めていた。手を出さずにいられる自信がなかったのだ。意識すればするほど会話が続かなくなるし彼女の表情が曇っていく。不甲斐ない自分が情けなく、何度もため息が出てしまう。

——駄目だ、外で心を鎮めよう。

そそくさと逃げ出した俺を、すぐに彼女が追いかけてきてくれて。その健気さに心が動いた。

『この先に蛍を見られる場所がある。六月下旬から一ヶ月ほどの短いあいだしかチャンスはないが、家族で避暑に来たときに見たことがある。今回は少し来るのが早すぎたけれど、次は蛍の時期に来よう』

——来年も再来年も君と一緒にいたいんだ。そして叶うことならその先もずっと……。

あの事件から冬美とは連絡が取れていない。一日も早く彼女を見つけ出し、波瑠に俺の本心を伝えようと決めた。

翌朝波瑠が発熱し、彼女が楽しみにしていた観光が中止になった。俺の行動のせいで彼女が風邪を引いた。そして不機嫌そうに見える俺の言動で彼女を泣かせてしまった。

——好きな女性を喜ばせるどころか悲しませるなんて、俺は最低だ。

女々しく悩んでいた俺に勇気をくれたのは波瑠だった。

『ここにいてください。ひとりは寂しいです』

『私は、悠生さんと本当の夫婦になりたいです』

ずっと抱きたいと思っていた女性が潤んだ瞳で見上げている。そんなのもう、抗えるはずがない。

脳みそが沸騰した俺は、ひたすら彼女に激情をぶつけてしまった。達した波瑠が『もう無理』だと懇願しても、その泣き顔にそそられて、何度も最奥をノックし続けた。七歳も年上だというのに情けない。これではまるで、サカリのついた猿じゃないか。幻滅されていないか心配だ。

けれど……。

経緯はどうであれ、俺たちはこうして夫婦になった。もう想いを隠す必要もないし遠慮もしない。これからは全力で彼女を振り向かせるまでだ。

「だから波瑠、どうか俺を好きになってくれ……」

俺は再び彼女の髪を掻き上げると、今度は額にキスをする。多幸感で全身が震えだす。再び熱を持つ下半身を持て余しつつ、ぎゅっと彼女を抱きしめた。

身代わりなのに甘すぎる！

「ありがとう。昨日の夜も最高だった」

ベッドの上で至近距離からふわりと柔らかく微笑まれ、子宮がキュンと収縮した。

――もっ、もうっ、もうっ！

寝起きでこの笑顔は反則だ。新婚早々これでは私の心臓が保《も》たない。

――だって悠生さんのキャラが変わりすぎ！

五月最初の日曜日。今日で私と悠生さんが結婚して一週間が経った。

悠生さんがひとりで住んでいた部屋に私が引っ越してくる形で新婚生活がスタートしたが、想像以上に快適だ。

地上三十九階、地下四階のタワーマンションは、渋谷《しぶや》駅から徒歩七分という好立地にある。二十四時間対応のフロントサービス付きで、共有部にはラウンジやパーティールーム、スポーツジムやシアタールームまでついている。

私たちが住む三十五階の部屋からは、天気がよければ遠くにスカイツリーを臨《のぞ》むことができる。２ＬＤＫのうちひと部屋はメインベッドルーム、もうひと部屋は悠生さん用の書斎。彼は自分の部屋を私に明け渡すと言ってくれたけれど、医師の悠生さんには仕事部屋が必要だ。それに、彼がひとりで自由気ままに暮らしていた場所にあとから私が加わったのだから、遠慮すべきはこちらのほうだ。そう言って固辞させてもらった。

大学病院での引き継ぎを済ませた悠生さんは、五月から正式に倉木総合病院に移ってきた。外科医として働くと同時に副院長の肩書もついている。

病院自体も医療法人七生会の傘下に入るということで、諸手続きや看板の付け替えなど、徐々に移行準備を進めているらしい。

「──そろそろ起きないと」

ベッドから身体を起こそうとした私を悠生さんが抱き寄せる。

「まだいいじゃないか」

「だって朝食を作らなきゃ」

「そんなの俺が準備するし、せっかくの日曜日なんだからもう少しくっついていたいんだ。駄目？」

──そんなの駄目なわけないでしょう！

彼の胸に顔を押し付けられながらの甘いやりとりに、心臓がキュンキュンしてしまう。

愛のない結婚だと思っていたのに、夫になった悠生さんは驚くほど優しい。仕事が忙しくて疲れているだろうに、短い時間でも必ず私を求めてくる。

昨夜も彼は、土曜日にもかかわらず病院に呼び出され、帰宅したのは真夜中を過ぎていた。なのにシャワーを浴びてベッドに入ってくると、すぐに身体を抱きしめてきて……。

――しかも何回もだし、なんだかすごく情熱的……だし。

悠生さんとしか経験のない私には比較のしようがないけれど、彼のエッチはとても上手だと思う。いつも私が先に気持ちよくなってしまうので、なんだか申し訳ないくらいだ。

――初夜からたった一週間で一生分の運を使い果たしてしまったかもしれない。

などと思考を巡らせていたら、「波瑠、どうした？」と顔を覗き込まれる。

「うっ、ううん。幸せだな……と思って」

途端に彼が相好を崩し、コツンとおでこをつけてきた。

「波瑠は幸せなの？」

「はい、幸せです」

「そうか、よかった。俺もとても幸せだ。結婚できてよかった」

嬉しい言葉のはずなのに、私の心に影が落ちる。

──結婚できてよかったのは、私とだから？　それとも病院の後継者になれたから？

そんなことを考えるだけ無駄だ。答えは後者に決まっている。彼は病院の院長になりたくて、世間体を繕いたくて、身代わりの私と結婚したのだから。

「……波瑠？」

ハッと我に返ると、目の前で彼の瞳が不安げに揺れていた。

いけない、せっかく結婚してもらえたのにこんな顔をしていては彼を不快にさせてしまう。

「ごめんなさい、今日の買い物のことを考えてた」

「そうか、楽しみだな」

「はい、楽しみです」

今日は悠生さんとふたりでショッピングに行く予定になっている。足りない食器類や調理器具を買いに行こうと彼が提案してくれた。近所のスーパーで食材を買うくらいしかしていなかったので、久しぶりの買い物が楽しみだ。

お互いの打算から始まった関係だけど、これから少しずつ夫婦としての関係を深めていけたらいいなと思う。

——そしてできたら、私のことも本当に好きになってくれたらいいな……なんて。

贅沢な望みだとは思いつつも、ここ一週間の雰囲気で期待してしまっている自分がいる。

——今日のデートでさらに距離を縮められたらいいな。

またしてもひとりであれこれ考えていたら、首筋にチクリと鈍い痛みが走る。

「……あっ！」

「波瑠が上の空だからお仕置きだ」

「キスマークだなんて、そんなのお仕置きにならないですよ。むしろご褒美……あっ」

途中で唇を塞がれて、彼の右手が腰のラインを辿りだす。

「波瑠……また、いい？」

「はい。でも……軽蔑、しないですか？」

「軽蔑？　どうして？」

「だって、その、私って……」

その先を言いあぐねてモジモジしていたら、悠生さんが口角を上げた。

「ああ、波瑠がいやらしいことが好きな淫乱だってこと？」

「ちょっ、そ、そんな直接的な！」

「いいじゃないか、もっと淫乱になれば」

「あ……っ」

胸の先端に吸いつかれ、私の口から吐息が洩《も》れる。あっという間にベッドルームが淫靡《いんび》な空気で満たされた。結局そのまま激しく抱かれ、昼近くになるまでベッドで過ごしたのだった。


「──あっ、これかわいい！」

エスカレーターを上がってすぐの雑貨屋で、店先に飾られたマグカップを見た私が足を止めた。

私たちが来ているのは渋谷駅東口にあるショッピングモールだ。

朝から身体を重ねていた私たちは、朝食を諦めてモール内のカフェで朝昼兼用のランチを食べた。そしてようやく当初の目的である食器類の買い物に繰り出している。

私が手に取ったのは白いペアのマグカップ。それぞれに赤い糸を手に持った男性と女性のイラストが描かれている。マグカップを並べて置くと、運命の赤い糸で結ばれたふたりのできあがりだ。

「本当だ、かわいいね」

横から私の手もとを覗き込み、悠生さんが目を細める。

――悠生さんは嫌じゃないのかな。

運命の赤い糸の真ん中はハートになっている。あからさまなカップル用なのに恥ずかしくないのだろうか。

なのに彼は私の手からヒョイとマグカップを取り上げて、「これにしよう」とレジへと向かう。

「すみません、プレゼント用にラッピングしてリボンをつけてもらえますか?」

店員さんに頼むのを見て、わざわざ包まなくても……と思ったけれど、彼がそうした理由がすぐに判明した。

「はい、結婚後初のプレゼント」

悠生さんがそう言って、ラッピングされた箱を手渡してくる。

――えっ……。

「片方は俺も使うのに、プレゼントって言うのはおかしいか。結婚後初の共同作業?

初ペアグッズ？」

それも変か……と頭を捻っている彼を見ているうちに、みるみる私の視界が滲《にじ》んでいく。

高校入学直後の春、彼がはじめて贈ってくれたマフラーを思い出す。あの日の包みも同じように、花柄に赤いリボンがついていた。

「……波瑠、どうして泣いて……ごめん、違うのがよかったか」

「違います。ただ嬉しくて……悠生さん、ありがとうございます」

「俺のほうこそ」

通路の真ん中で抱きしめられて、恥ずかしいのに幸せで。

――ああ、彼と結婚してよかった。

今は心からそう思える。

始まり方は間違っていたのかもしれない。私は彼の未来を父の病院で釣った。

――それでも私は……。

「悠生さん、ありがとう。大好き」

彼の妻として、満足してもらえるよう頑張ろう。改めてそう心に誓った。

＊＊＊

病院の受付業務は、週明けの午前中が一番忙しい。

体調が悪くても緊急性がなくて様子見していた患者さんが一斉に押し寄せるし、紹介状を持った新規入院患者や転院も多い。問い合わせの電話もどんどんかかってくるので受付開始の午前九時になる前からフル稼働だ。

「やっと落ち着いたわね」

「はい、なかなか時間ぴったりには終われないですね」

ようやく午前中の業務を終えて腕時計を見ると、既に午後十二時十八分になっている。私はベテラン医療事務の田中《たなか》さんと新人パートタイマーの木村《きむら》さんと三人で会話を交わしつつ、診察時間の書かれたサインプレートをカウンターに置いた。

「あっ、副院長、こんにちは～」

──えっ⁉

田中さんの声に顔を上げると、そこには白衣を羽織った悠生さんが立っている。

「悠せ……副院長、こんにちは」

私も慌てて頭を下げたが「悠生でいいよ。午前中の勤務時間はもう終了だろう?」

とクスッと笑われてしまった。

柔らかく細められた目が優しくて、なんだか胸のあたりがむず痒《がゆ》い。

「一緒に昼を食べよう。副院長室に来れる？」

「あっ、はい、もちろん！」

「ありがとう、先に行って待ってる。あっ、田中さんと木村さんもご苦労様」

白衣をひるがえしてエレベーターホールへと向かううしろ姿を見送っていると、うしろで「キャー、眼福すぎる～！ そして名前を呼んでいただけた～！ 声がいい～！」と木村さんが興奮して叫びだす。

「いやぁ～、いいもん見せてもらいました。レア副院長ですよ」

「ええっ、レアって、何それ」

意味がわからず聞き返すと、彼女は得意満面に説明を始める。

「副院長ってかなり仕事に厳しいみたいなんですよ。オペもめちゃくちゃ速くてついていくのが大変だから、オペ室で彼の器械出しを担当できるのはベテランナースだけだって」

まだ副院長に就任して一週間だというのに、彼はすでに注目の的なようだ。患者に優しく診察が丁寧。オペの手技も天才的。スタッフには厳しく顔つきも冷たいものの、病院のスタッフの名前を完璧に覚えていて、挨拶のときには必ず名前を呼んでくれるから許せてしまう……と噂されているらしい。

若手ナースを中心にファンクラブを作る動きまであるというから驚きだ。

「けれど波瑠さんはさすがですね。スタッフには冷たい副院長が愛妻には甘々じゃないですか。なんですか、あのイケメンな笑顔」

「イケメンな笑顔って……」

——まあ、顔がいいのは同意だけれど。

そういえば彼は勤務初日から、受付の前を通過するときには必ずこちらに手を振ってくれている。顔の横で小さく手のひらを揺らしながら微笑みかけてくるものだから、一緒に受付をしている同僚のみならず、周囲にいる患者さんまでもが黄色い声をあげていた。

できることなら私も一緒に叫びたい。ファンクラブを作るなら私を会員ナンバー一番にしてほしいくらいだ。

——悠生さんに恥をかかせるわけにはいかないから我慢しているけれど。

「波瑠ちゃんめちゃくちゃ愛されてるじゃない！　私も副院長のファンクラブに入っちゃおうかしら」

「ちょっと、田中さんまで！」

幼い頃から顔見知りのスタッフにまで揶揄《からか》われ、私は顔を赤くしながらエレベーターホールに向かったのだった。

私が副院長室に入ると、悠生さんはすでにお茶を淹れて準備してくれていた。応接セットのセンターテーブルにふたり分の湯呑みと彼の弁当箱が置かれている。

「隣に座れば？」

ソファーに向かい合ったカウチに座ろうとしたところでそう言われ、私はいそいそと彼の隣に腰掛けた。途端に悠生さんがお尻をずらしてぴったり身体をくっつけてくる。

――こっ、これでは腕がぶつかって食事をしづらいのでは？

と思ったものの、彼とくっつけて嫌なわけがない。無粋なことは言わずに黙っておく。

光沢のある黒テーブルの上にお弁当がふたつ。それぞれピンクとブルーの色違いの巾着袋に入っている。悠生さんが先にブルーの巾着袋から弁当箱を取り出した。そちらも私とお揃いで、男性用だけ少し大きめのサイズになっている。彼が蓋を開けて

「わぁ、すごいな」と感嘆の声をあげた。

このお弁当は私が今朝作ったものだ。昨日ショッピングモールで買ったお揃いのお弁当箱をさっそく使ってみた。

悠生さんは一緒に作ると言ってくれたのだけど、彼には外来診察もオペもある。長時間立ったままになる外科手術は体力勝負なのだから、少しでも長く寝ていてほしい。それに新妻が夫のためにお弁当を作るというシチュエーションは私の憧れでもあったので、早起きだって苦にならなかった。

ご飯にはふりかけ。おかずは甘い卵焼きと唐揚げとタコさんウインナーにポテトサラダ。緑のバランや赤いシリコンカップで仕切っている。彼からリクエストをもらっていたし定番メニューなので驚くような内容ではないけれど、それでも彼は「おいしい」「幸せだ」「最高」を連発して喜んでくれる。

——嬉しいな……。

「私が自慢できるのは料理くらいだから、お弁当がいいって言ってもらえてよかったです」

院内には職員用の食堂も一般客用のカフェテリアもあるのでお昼をそこで食べることも可能だ。けれど雑貨屋でお弁当箱を見つめていた私に、彼が『病院にはお弁当持参で行くか』と言ってくれたのだ。

『時間が合うときは病院の中庭や副院長室で一緒に食べよう』

そう微笑まれれば、二時間早起きして作る気にもなるというものだ。

「――波瑠は『料理くらいしかできない』と言うが、料理には技術やセンスが必要だ。編み物だって得意なんだろう？　手先が器用ですごいじゃないか」

食後のお茶をひとくち啜《すす》り、悠生さんが口を開く。

「私はあくまでも趣味の範囲なので。国家試験をパスしてる外科医を前に、器用だなんておこがましいですよ」

父からは『おまえは仕事なんかしなくていい』と言われ続けてきた。最低限の社会経験を積みたいからと無理やり働かせてもらってはいるが、医療事務や医療秘書の資格を持っていない私は診療報酬の計算もレセプト業務もしていない。私にできることなんて、受付をしてデータ入力や片付けをするくらいなものだ。

私がそう苦笑してみせると、悠生さんが空の湯呑みを茶托《ちゃたく》に置いた。身体をずらして私のほうに向き直る。

「資格がないのなら取ればいい。もっと働きたいのなら、パートじゃなくて正社員になればいいじゃないか」

「そんなことを言ったって、父が絶対に許さないです。悠生さんだって聞いてたでしょう？」

悠生さんと我が家で結婚式の打ち合わせをしていたとき、父は私に『結婚したらもちろん仕事を辞めるんだろう？』と聞いてきた。

亡くなった母も大学卒業後は家事手伝いで、父と見合い結婚をして専業主婦になったため外で働いたことがなかったらしい。

『妻は夫を支えるものだ。とくに外科医はハードワークなのだから、家でくつろげるよう環境を整えるのが妻の役目だ』と父から諭された。

『まあ、今すぐ辞めなくてもいいんじゃないですか？　それは夫婦で追々《おいおい》考えていきますよ』

悠生さんの言葉でその件については曖昧なままで終わったけれど……。

「私、仕事を辞めたほうがいいですよね？」

「君はどうしたいんだ」

逆に聞き返されて、私は唾を飲み込んだ。

「私は……悠生さんを支えたいと思っているし、いい奥さんになりたいと思っているから……」

話しながら、徐々に私の首が項垂れていく。

――いい奥さんって何だろう。私が悠生さんのためにできるのは、料理を作ったり家のことをするくらい。けれどそんなものは私じゃなくてもできることで……。姉であれば悠生さんのいいパートナーになっていただろう。仕事の苦労を分かち合い、一緒に肩を並べて病院を大きくしていけたはずだ。

黙って湯呑みを見つめていたら、私の肩に彼の片手が乗せられた。

「倉木先生の意見を否定しなかったのは、義理の父親になる人の心象を悪くしたくなかっただけだ。結婚を反対されたくなかったし……」

ハッとして顔を上げると、彼が照れくさそうに口の端を上げた。

「俺を支えるからいい奥さんってわけじゃないだろう？　俺にとっていい奥さんは波瑠そのものだ。君はそこにいるだけで百点満点なんだっていうことをわかってほしい」

「そんな、とんでもないです！　私なんて……あっ」

言い終える前に肩を引き寄せ身体をぎゅっと抱きしめられた。

「大丈夫、君は最高の女性だ」

耳もとで甘ったるく囁《ささや》きながら、瞳を細めた彼の顔が近づいてくる。

「だ、駄目ですよ！　ここは職場なんですから」

慌てて彼の胸を押すと、悠生さんがハハッと愉快そうに吹き出した。

「ごめん、波瑠があまりにもわからずやだから口を塞ごうと思ったんだが」

「もっ、もう！　だからここは職場ですってば！」

「ハハッ、わかった。それじゃあ波瑠も、俺の愛妻を侮辱するようなことを言わないでくれるか？」

私が仕事をしようがしまいが構わない。これ以上無理をする必要はないが、やりたいことがあるのなら遠慮せずチャレンジしてほしい……と彼は説く。

「俺には君を養うだけの蓄えがあるし家事をする能力もある。何ひとつ遠慮しなくていいんだ。『俺のため』じゃなくて『自分がどうしたいか』で考えてみてほしい」

――彼のためでなく、自分がどうしたいか……。

彼の言葉に涙腺が緩む。そうか、私は私のままでいいんだ。そして彼はこんな私を愛妻と言ってくれるんだ。

私は鼻をスンと啜り、彼を見上げて口を開く。

「私、何か資格を取りたいです。自分に自信を持ちたい」

こんなことを誰かに告げたのははじめてだ。自分が何かを成し遂げようなんて考えたこともなかったし、そのために行動する勇気もなかった。

――けれど不思議だ。悠生さんがそう言うのなら、本当にできそうな気がしてくる。

「そうか、応援するから頑張れ」

頭にポンと手が乗って、彼の瞳に私が映る。大きな手のひらが頬へと滑り、ゆっくり顔が近づいてきた。私が目を閉じたところで彼が動きをぴたりと止める。

「波瑠、やっぱりキスは駄目なのか？」

「えっ？」

慌てて目を見開くと、至近距離で彼が意味ありげにニヤついている。

――ここで寸止めなんてズルすぎる！

彼の意趣返しを憎らしく思いながらも、私の答えなんてもう決まっていて。

「き、キスだけなら……ギリセーフです」

「ありがとう。それではお言葉に甘えて」

今度こそ唇が重なって、私たちは休憩時間ギリギリまで熱いキスを交わし続けたのだった。

疑念と不安

「……やっぱり遅れてる」

トイレの便座に腰掛けたまま、私は大きく息を吐く。

私が妊娠の可能性に思い至ったのは今日の仕事中だ。同僚の木村さんが生理で腰がだるいと言っていて、そういえば今月は生理が来ていないと気がついた。

「妊娠してるのかな」

悠生さんと結婚してもうすぐ二ヶ月。来週で六月も終わろうとしている。春から夏へと季節の移り変わりを一緒に過ごし、今ではふたりでいることが当たり前になってきた。徐々に敬語も抜けてきて、かなり夫婦らしくなってきたんじゃないかな……と思っている。

彼は相変わらず優しくて、言葉でも態度でも惜しみなく愛情表現をしてくれる。昨夜も私を激しく抱いて、『愛している』と囁きながら何度も絶頂に導いてくれた。

――だから、もしかしたら本当に私のことを好きになってくれたのかもしれない……。

だなんて、最近は期待している自分がいる。

けれど妊娠を喜んでもらえるかどうかは別だ。

十年もの長いあいだ、悠生さんは姉の恋人だった。結婚前提の付き合いで、姉の部屋にふたりで篭っていたことも知っている。

彼は元々病院が欲しかっただけで、私はその付属品みたいなもので。今は愛していると言ってくれているけれど、果たして私との子供を望んでいるのだろうか。

——私が産みたいって言ったら喜んでくれるのかな。

大好きな彼の子供がこの身に宿っているのなら、こんなに嬉しいことはない。けれど脳裏を過《よぎ》るのは姉の顔だ。

——悠生さんが一番好きなのはお姉ちゃんだよね。もしも今、お姉ちゃんが戻ってきたとしたら？　復縁しようと言われたら、悠生さんはどうするの？

あんなにも身体を重ねているのに、彼の本心がわからない。いや、知るのが怖い。妊娠を告げたときに彼がほんのちょっとでも表情を曇らせたりしたら、私は打ちのめされてしまうだろう。

「——駄目だ、こんなことをしてる場合じゃない」

気づけばすでに午後七時前だ。悠生さんから今日の帰宅は午後八時頃だと聞いている。早く食事の支度をしなくては。

私はのろのろと立ち上がると、考えがまとまらないままキッチンへと向かう。

「ああ、メニューを変更すればよかった」

今日はカレーにしたのだが、煮込んでいるうちに匂いで胃がムカムカしてきた。頭も熱っぽい気がする。火を止めて寝室で休んでいたら、スーツ姿の悠生さんが顔を出す。

「ただいま、どうした？　体調が悪いのか？」

「うん、ちょっと疲れただけ。カレーがあるから温めるね」

起き上がろうとした私を彼が止めた。

「いや、何もしなくていい。風邪でも引いたのかな」

私の額に手を乗せて、心配そうに見下ろしてくる。

「食事は？　お粥でも作ろうか」

「ううん、先にいただいた。一緒に食べられなくてごめんね」

「そんなことを気にするな。昨夜俺が無理をさせすぎたのかもしれない。どうか休んでいてくれ」

チュッと短いキスを落とすと彼は部屋から出ていった。

——こんなに優しくしてくれる人に、私は嘘をついてしまった。

夫を信じきれない自分が情けなく、罪悪感が募っていく。

「悠生さん、ごめんなさい」

まずは本当に妊娠しているのかハッキリさせるのが先だ。明日にでも検査薬を買ってこようと決めた。

その夜は、同じベッドにいるというのに彼は私を求めてこなかった。結婚以来はじめてのことだ。私を労ってくれてのことだとはわかっているが、寂しく感じてしまう。私の身体はこんなにも彼に馴染《なじ》んでしまっているのだと、今さらながら思い知った。

翌日彼は当直で、通常の勤務時間を終えたあともそのまま病院に残ることになっていた。

私は食欲がないのを悟られたくなくて、『今日のランチは受付のスタッフと食べるから』と嘘をついてしまった。昼休憩は近くのカフェで時間を潰し、オレンジジュースを飲みながら窓の外をぼんやりと眺める。

——私、嘘ばかりついてるな……。

昨日からうしろめたさばかりが積み重なっていく。夫婦なのに、私たちの問題なのに。

「せっかく悠生さんが『最高の女性』って言ってくれたのに……」

頬杖をついてため息をこぼしたところで、お店の前を子連れの夫婦が横切るのが見えた。二歳くらいの男の子を真ん中にして、親子三人仲良く手を繋いで歩いていく。キャッキャとはしゃぐ男の子と、その姿を見守る夫婦。彼らは時々目を合わせ、ふわりと幸せそうに微笑んで。

「ああ、いいな……」

単純にそう思った。

以前悠生さんとお弁当を食べながら交わした会話を思い出す。

『何ひとつ遠慮しなくていいんだ』

『俺のためじゃなくて、自分がどうしたいかで考えてみてほしい』

あのとき彼はそう言ってくれた。

──私がどうしたいか……。

「私は……彼の本心を聞きたい。悠生さんの赤ちゃんを産みたい」

言葉にしてみたらハッキリした。

──そうだ、私は悠生さんと本当の夫婦になりたいんだ。

疑心暗鬼になって顔色をうかがうのはもう嫌だ。何でも言い合って、喧嘩して、仲直りして。私は彼とそういう関係を築きたい、本当はずっと好きだったのだと伝えたい。

そのためにはまず、私自身が一歩踏み出さなくては……。

その夜私は、勤務時間外にもかかわらず病院へと向かった。当直中の悠生さんにお弁当を差し入れするためだ。

当直医は好きな出前を取ることができるが、忙しくて食事もままならないことが多いと聞く。お弁当なら時間のロスも少ないだろう。

巾着袋の中には【当直ご苦労様です。明日帰ってきたら話したいことがあります】と書いたメモを入れておいた。仕事の邪魔をしたくないので副院長室に置いたらすぐに帰るつもりでいる。

——そして悠生さんが帰ってきたら、勇気を出して妊娠のことを打ち明けよう。

今日の仕事帰りにドラッグストアで妊娠検査薬を買ってきた。判定は陽性だ。明日私は、彼にすべてを話す。

病院の従業員用出入り口は、オートロックのテンキータイプだ。従業員のみが知らされている七桁の暗証番号を打ち込むと、私はするりとドアの内側に入り込む。

悪さをしているわけではないが、ついつい忍び足になってしまう。仕事の邪魔をする悪妻だとは思われたくないので、できることなら誰にも会わずにお弁当を届けたい。

周囲をキョロキョロ見渡しながら廊下を進むと、エレベーターホールに隣接した休憩スペースのあたりから誰かの話し声が聞こえてきた。思わず壁の手前に身を隠す。

「――ええっ、嘘！　見間違いじゃないの？」

「今まで何度も会ってるんだ。いくら俺が老眼でも見間違わないよ」

どうやら夜間の警備員と受付の女性スタッフらしい。聞き覚えのある声にこっそり顔を出して向こうを見ると、女性のほうは木村さんだった。彼女は時々夜間受付のバイトもしているので、今日がその日だったのだろう。休憩中なのか、自動販売機で飲み物を買って立ち話をしている。

――どうしよう、エレベーターを使いたいんだけどな。

待っている時間がもったいない。さらりと挨拶してエレベーターに乗ってしまおう。

そう考えたとき、気になる名前が耳に飛び込んできた。

「遠目だったけど間違いない。従業員用エレベーターから出てきたのは冬美さんだった」

——えっ!?

冬美と聞いて思い浮かぶのは姉のことだ。私は息を殺してふたりの会話に耳をすませた。

「——冬美さんは浮気して海外に行ったたって噂だったけど、副院長と元サヤってこと?」

「どうだろうな、副院長としてはこの病院を自分のものにできれば姉でも妹でもよかったんだろうが……結局冬美さんを忘れられなかったのかもしれないね」

「付き合いが長かったしね。急に波瑠さんと結婚することになって驚いたもん」

——そうか、そんなに噂になってたんだ。

仕事中は田中さんも木村さんも姉の名前などおくびにも出さないけれど、心の中では今話しているようなことを思っていたのだろう。

悠生さんは学生時代から病院に出入りしていたし、父が彼のことを『未来の息子』『病院の後継者』として周囲に語っていたのかもしれない。きっと病院のスタッフ皆が、結婚で浮かれた『スペアの妹』を嘲笑っているに違いない。

「——そういえば、何年か前に七生会がこのあたりに系列病院を建てるって噂が出ていたな。世田谷で土地を探していたが頓挫したとか」

「それじゃあ、妹に乗り換えてまで結婚したのは土地目当てってこと？」

「ここは駅に近くて好立地だし、ちょうどよかったんだろうね。病院ごと手に入ったし、冬美さんが戻ってくるなら波瑠さんは用無しかもしれないよ」

「そんなことをしたら副院長を軽蔑する！　波瑠さん、あんなに幸せそうなのに」

「まあ、本当に浮気してるとしたら院長が許さないと思うが……」

聞いている途中から全身に悪寒を感じ、膝がガクガクと震えだす。

——そうだったんだ。

姉がどうして日本にいるのか知らないが、とにかく今も悠生さんと会っていた。そして悠生さんは七生会のために以前からこの病院を狙っていた。

——そんなのわかっていたことなのに。

最初からお互いの利益のための結婚だった。理解していたはずなのに、私はいつの間にか勘違いしてしまっていたらしい。

悠生さんに優しくされて、甘い言葉を囁かれて。今では彼も私を好きでいてくれるのかも……だなんて。

彼にとって私はただの『恋人の妹』で、恋愛対象外で。彼の隣に立てたからといって、今さら姉と同じ感情を向けてもらえるはずなんてなかったのに。

「馬鹿だ、私」

──私はどう頑張ったってお姉ちゃんにはなれないのに……。

足もとから薄ら寒くなり、すっと血の気が引いていくのがわかった。指先まで冷えていく。

もうここにはいられない。足をもつれさせるようにしながらどうにか一歩踏み出したところでお腹に違和感を覚えた。

「痛……っ」

激しい痛みに顔が歪《ゆが》む。両手からお弁当の包みがガチャンと落ちた。お腹を抱えてその場でしゃがみ込むと、直後に私の視界が暗転した。

副院長夫人号泣事件　side悠生

冬美から連絡があったのは当直中のこと。俺が待機していた副院長室に突然電話がかかってきた。

ここにかかってくる電話はほとんどが院内からの内線電話だ。外線で直通電話をかけてくる人はほぼいないため、俺は不審に思いつつも受話器を取った。

「はい」

『……悠生？』

――えっ！

声の主《ぬし》はすぐにわかった。波瑠の姉の冬美だ。

国際電話なのかと思ったがそうではなかった。彼女はなんと、病院裏の駐車場まで来ているという。話があるという彼女をそのまま帰すわけにもいかず、副院長室で会うことになった。

「――誰にも見られていないか？」

「たぶん大丈夫だと思う。近くには誰もいなかったし」

二ヶ月ぶりに会う冬美はTシャツにスキニージーンズ、上に黒いカーディガンを羽織っただけのラフな格好で、以前よりも若々しく見えた。悪びれもせず「悠生、相変わらずのしかめっ面《つら》だねぇ」と言ってのける。

「君が急に来たりするからだ。来るなら前もって言ってくれないか？　こっちは仕事中なんだ」

「でも今はこうして副院長室にいるじゃない」

「ここでもやるべき作業はある。それに呼び出しがあればすぐにここを出ていく」

「怒らないでよ。じつはこの部屋の明かりがついてるのを駐車場で確認してから来たんだよね」

冬美はタクシーでここまで乗りつけて、俺が副院長室にいると考え電話をかけてきたらしい。

「早く用件を済ませて出ていってくれないか？　誰かにこんなところを見られて変な噂でも立てられたら困る」

「わぁ、恐妻家なんだ～」

「愛妻家と言ってくれ。『李下《りか》に冠を正さず』と言うだろう？　こんなことで波瑠を不安にさせたくない」

「わお、あの堅物で女嫌いだった男が、変われば変わるもんだねぇ」

「茶化さないでくれ、俺は本気で言ってるんだ」

ただでさえ院内における俺の『波瑠の夫』としての評価は低い。

当然だ。俺は長らく冬美の恋人として認識されていた。恋人に逃げられた挙句、その妹と政略結婚した見境のない男。そう噂話をしている現場に出くわしたこともある。

俺は何と言われたって構わない。それを覚悟で波瑠を求めたのだし、噂などこれからの俺の行動で跳ね返せばいいだけだ。幸いにも悪口や陰口、嫉妬の類には慣れている。

「けれど俺のせいで波瑠を悲しませるようなことはしたくない。変な噂話は彼女の耳に入れたくないし、結婚したことを後悔してほしくないからな」

病院における医師の評価はプライベートではなく仕事ぶりでされるべきだと俺は考えている。けれど人の評価など、相手が受け取る印象や、そのときの感情によって大きく左右されてしまうものなのだ。

だから俺は全職員の顔と名前を必死で覚え、院長から免除だと言われたにもかかわらず当直のローテーションに加えてもらった。

職員の名前を呼んで、慣れない笑顔を作って挨拶をして。昼休みには受付まで波瑠を迎えに行って一緒に手作りの弁当を食べる。そうして二ヶ月経った今、ようやく仕事ぶりも愛妻ぶりも認められるようになってきた。

「外科医としても副院長としても、そして夫としても、波瑠が誇れるような存在でいたいと思う。だからこんなところでまた変な噂を立てられるわけにはいかないんだ、わかってくれ」

そこで冬美が今日はじめての真剣な表情を見せた。背筋を伸ばして真っ直ぐ立つと、俺に向かって頭を下げた。

「そうか……悠生、頑張ってくれてありがとう。そして改めて、結婚おめでとう」

彼女からこのセリフを聞くのは二回目だ。じつを言うと、俺が波瑠と結婚した直後に一度だけ電話をもらっていたのだ。『波瑠と結婚したんだよね。おめでとう！　あの子をよろしくね。また改めて連絡する！』と早口で告げられ一方的に切れた。それきり連絡が途絶えたと思ったら、いきなりこれだ。

「あれきり放置されて俺は困ってたんだぞ。波瑠に説明するにもそっちがどういう状況なのかわからないし」

「ごめんごめん、やることが山積みで忙しかったんだって」

冬美はシンガポールのビザを持っていなかったため、向こうには観光という名目で入国していたのだという。夫となった駐在員の彼と一緒に住居探しや生活のセットアップを済ませ、滞在可能期間の三十日を過ぎる前にひとりで日本に戻ってきた。就労ビザ取得や銀行口座の名義変更など諸手続きを済ませ、ようやく再出国の目処が立ったところで連絡を取ってきたということらしい。

「彼の駐在期間は二年か三年らしいんだけど、そのあいだ暇してるのは嫌だから、日本人向けの病院で働くことにしたの。もうあっちで面接も済ませてきた」

さすが行動力のある冬美だ。日本とシンガポールで締結されている二国間協定を利用して、向こうに戻ったらすぐに仕事を開始するのだという。

――いや、それよりも聞きたいのは……。

「俺と波瑠が結婚したことをどこから聞いた?」

俺は一番気になっていた質問をぶつけてみせた。前回の電話では、すでにこちらの状況を知っている口ぶりだった。

「まあ、私にはいろいろ教えてくれる友人がいるってことよ」

冬美は今も繋がっている大学時代の友人から情報を得ていたらしい。彼女は改めて俺をじっと見つめ、切れ長な目を細めてみせる。

「さっきはしかめっ面とか言っちゃったけどさ、あなた、ずいぶん表情が柔らかくなったと思うよ。それが波瑠のおかげだとしたら姉として嬉しいんだけどな」

「俺が妹さんと結婚したことについて文句はないのか？」

どさくさに紛れて波瑠を自分のものにした。冬美はかつて『波瑠の相手は誰でもい』などと言っていたが、大事な妹を本気でこんな堅物野郎にくれてやろうとは考えていなかったのではないだろうか。

「文句？　そんなはずないじゃない。私としては、遅すぎるくらい。やっと動いたのかって感じだよ」

――えっ？

むしろ大歓迎だと言われ、俺は目を丸くする。

「だが……」

冬美の真意がわからない。戸惑う俺を彼女は鼻で笑った。

「あのさぁ、その『でも』とか『だが』っていうの、もうやめない？　悠生はウダウダ考えすぎなんだって。ずっとお互い好き合っていて、想いが通じて結婚した。それだけでいいじゃない。素直に喜びなよ」

「ちょっと待て。好き合っていたというのは違う。俺が病院を継ぐことを条件に結婚を迫ったんだ」

「はぁ？」

冬美の声が低くなり、口もとから笑みが消える。綺麗な顔が能面みたいになった。

「ねえ、一応聞くけどさ、あなたちゃんと波瑠に本心を伝えたの？」

「好きだとは言っているが、どこまで伝わっているか……答えを求めて彼女を困らせたくないしな」

「悠生は、波瑠もあなたに恋してるって可能性を少しでも考えたことがないわけ？」

「それはないだろう」

「はぁ？」

途端に能面が般若になった。

「ちょっと、何のために私が波瑠好みの白いチャペルを予約したと思ってるの⁉」

彼女は俺に向かって人差し指を向け、怒涛《どとう》の勢いで説教を始める。

「あそこまでお膳立てさせておいて、何をウジウジしてんの！　ヘタレもいい加減にしなよ！」

――波瑠好みのチャペル？　お膳立て？

「あなたの気持ちなんか大学時代から丸わかり！　どう見ても波瑠を好きなくせに認めようとしないし、お互い両想いなのにどっちも動かない。イライラしてたんだからね！」

――はぁ!?

なんとこれまでの流れは冬美の計画によるものだった。俺と波瑠の気持ちを察した彼女は、俺たちが自分で動くのを待っていたのだという。

『あなたたちは両想いだよ』と橋渡しをするのは簡単だ。けれど彼女はそれをしたくはなかった。

「波瑠に対して本気だっていう覚悟を見せてほしかったんだよね。それに波瑠にも変わってもらいたかった」

恋愛に対しても女性に対しても意固地になっていた俺に、プライドも分別も捨てて感情をぶつけてほしかった。そして父親の言いなりになっている波瑠にも、自分で考えて決断してほしかったのだそうだ。冬美はそのために自分の結婚を利用した。

「最初は本当に見合い回避が目的だったんだよ。でもそのうちにあなたたちが両想いだって気づいて……」

自分は結婚したいと思える相手と出会い、新しい感情を知ることができた。だから俺たちにも受け身ではなく自力でそれを見つけてほしいと考えた。

いつまでたっても行動を起こさない俺たちにヤキモキしていたところ、冬美の恋人に海外赴任の話が出た。プロポーズされてついていこうと決めたが、そうなれば波瑠に白羽の矢が立つのは確実だ。自分がシンガポールに発つ前にきっかけを与えようと考えて……その結果が今回の身代わり結婚だったというわけだ。

「最後の賭けだったの。これで悠生が動かなければ、それまでだと思ってた。やり方は強引だったと思うけど、後悔はしていない」

そう冬美は言い切る。

「悪かったとは思うよ。残された悠生は大変だっただろうし、周りからあれこれ言われたと思う。それでも無事に結婚したって聞かされて、私は本当に嬉しかったんだ。今日は直接祝福したくて来たの」

――そうだったのか……。

「俺のほうこそ、ありがとう」

今度は俺が頭を下げる番だ。

冬美に強硬手段を選ばせたのは俺のせいだ。俺が情けなかったばかりに無茶をさせてしまった。もっと早く俺が波瑠に告白していれば、誰も傷つけることなどなかっただろう。

「だが、本当に波瑠が俺を？」

この期に及んでこんなことを聞くのは間抜けだが、それでも彼女が以前から俺を好いていてくれたとは、にわかには信じがたい。

「まだそんなことを言ってるの？　波瑠と結婚してもう二ヶ月でしょ？　夫婦になったのに、まだあの子の気持ちは伝わってないわけ？」

その言葉にハッとする。

──そうだった……。

『もう二ヶ月』なのか『たった二ヶ月』と言っていいのかわからないが、結婚してから今日までのあいだ、彼女はちゃんと感情を見せてくれていたじゃないか。

俺に好きだと言ってくれた。彼女のはじめてを捧げてくれた。安物のマグカップやお弁当箱に涙ぐみ、手料理を褒めれば花咲くような笑顔を見せてくれて。そこに愛がなかったなんて、どうして俺は思えたのだろう。

──全力で彼女を振り向かせると決めたくせに、振り向いてもらえる可能性を考えていなかったなんて……。

「俺は大馬鹿野郎だな。一番近くにいるくせに、何もわかっちゃいなかった」

「それじゃあ改めて、私の妹をよろしくお願いします」

「ああ、絶対に幸せにする」

近いうちに俺のマンションに冬美を招待し、そこでふたりから波瑠に真実を伝えようと決める。冬美は俺と握手を交わして部屋を出ていった。

「さあ、勇気を出すか」

俺の波瑠への気持ちは嘘じゃない。しかしずっと騙されていたことや冬美と共謀していたことを聞かされれば、彼女はいい気がしないだろう。下手をすると嫌われて振り出しに戻る可能性だってある。

——それでも俺は……。

今度こそ俺の気持ちを隠すことなく伝えたい。プロポーズの言葉からやり直して、これからは本当の夫婦としてやっていきたいと伝えるのだ。

そう思っていたのに。

副院長室の電話が鳴ったのは、それから二十分ほどしてからだ。

——急患が来たか。

『副院長、奥様が病院の廊下で倒れられました！』

「えっ、妻が倒れた⁉」

今朝もふたりで一緒に出勤してきたが、波瑠はいつも通りだった。

――いや、違う。

昨夜は少し具合が悪そうだった。今朝はもう落ち着いていたように見えたが、無理をしていたのかもしれない。

――しかし、どうして彼女が病院に……？

ゆっくり考えている暇はない。俺は全力ダッシュでエレベーターに駆け込んだ。救急外来にある処置室に行くと、仕切りのカーテンを勢いよく開ける。波瑠は奥のベッドに横たわっていた。唇まで血の気がないのを見た途端、俺の心臓がヒュッと凍りつく。

「波瑠！」

俺の叫び声で波瑠が薄っすら目を開ける。どうやら意識はあるようだ。彼女はゆっくりこちらに顔を向けると、俺に気づいて目を見開く。頬と唇を震わせて、瞳に薄っすらと涙を浮かべた。

「波瑠、苦しいのか？　どうした……」

ベッドに近づこうとしたところでナースが超音波エコーの機械を運び込んでくる。一緒に年配の女医もやって来た。ベテラン産婦人科医の斉藤《さいとう》先生だ。

「七海先生、そこをどいてください。経膣《けいちつ》エコーをしますので」

――経膣エコー？

経膣エコーとは産婦人科で行われる超音波エコーのひとつだ。膣内に棒状のプローブを挿入し、子宮や卵巣の状態を診《み》ることができる。つまり波瑠は婦人科系の疾患を疑われているということだ。それでナースが産婦人科医を呼んだのだろう。

「妻に婦人科疾患の疑いがあるのですか？」

俺の質問に斉藤先生が怪訝《けげん》な顔をする。

「先生、ご存じなかったんですか？」

「何を？」

「奥様が妊娠しているかもしれないってことですよ」

「えっ⁉」

「ご本人がここに運ばれる途中でそうおっしゃったそうで、私が呼ばれたんです」

寝耳に水の出来事に、一瞬頭が真っ白になった。しかし次の瞬間、胸に歓喜が湧き上がる。

――妊娠だって⁉　波瑠のお腹に俺たちの子供が？

「波瑠、そうなのか？　子供ができたのか⁉」

喜ぶ俺と反対に、波瑠が顔を曇らせた。顔をくしゃっと歪ませて、大きな瞳からぽろぽろと涙をこぼす。

「悠生さん、ごめんなさい。私……ひとりになっても赤ちゃんを産みたい。産ませてください」

──えっ、ごめんなさい？

「悠生さんが今もお姉ちゃんを好きなのはわかってる。それでも私は、悠生さんを……」

──ええっ！

「ちょ、ちょっと波瑠！　どういう意味……」

「私、悠生さんのことが大好きなの……別れたくない！」

号泣しながら最後は両手で顔を覆う。

ひとりで産む？　別れる？　情報量が多すぎて意味がまったくわからない。ただひとつハッキリしていることは、彼女が俺の子供を宿して泣いていて、涙の原因が俺であるということだ。

「波瑠……！」

ベッドに駆け寄ろうとする俺を斉藤先生が一蹴する。

「七海先生、出ていっていただけます？」

「えっ？」

「あなたがいらっしゃると奥様を興奮させるだけなようですから」

「いや、俺も一緒にエコーを」

「その資格があるとお思いですか？」

斉藤先生の目が怒っている。あたりの温度が氷点下まで下がるのを感じ、俺は慌てて周囲を見渡す。その場にいるナースも一斉に冷たい視線を向けていた。冷徹と言われてきた俺さえ凍りつきそうだ。

「病院のスタッフから聞きました。院内でほかの女性と会ってらしたそうですね」

――まさか、誰かに見られていたのか！

「ちょっ、ちょっと待ってください。それには理由《わけ》があって……」

「とにかく邪魔なので。夫としてもひとりの人間としても、自分の行いをしっかり反省なさってください。さあ、あっちに行って！」

そう言ってカーテンの向こう側を指し示す。

マズい、これは完全に誤解されている。このままでは貴重な瞬間に立ち会うことができないじゃないか。

「冬美はシンガポールから一時帰国しているんだ。俺たちの結婚を祝福してくれて。

そっ、そうだ、波瑠にも会いたいと言っていた！」

俺はナースに電話番号が書かれたメモを渡し、冬美をここに呼んでほしいと頼んだ。

俺だけでは何を言っても嘘としか思われない。こうなったら張本人から説明してもらうまでだ。

「俺には夫としてエコーを一緒に見る権利があるはずだ！　いや、見たいです、見せてください、お願いします！」

最後は涙目で懇願し、どうにかエコー診断の場に同席することを許されたのだった。

姉と妹、父と娘

『医療法人七生会　倉木総合病院』には特別個室がふた部屋ある。一般の個室の二倍の広さがあり、バストイレはもちろんテレビや冷蔵庫、来客用のリビングセットや折り畳みの簡易ベッドまで置かれた豪華仕様だ。

その特別個室のベッドでパソコンを開いてたところ、スライドドアが開いて悠生さんが入ってきた。手にはビニール袋を持っている。彼は袋から飲み物やデザートを取り出して冷蔵庫に詰め終えると、私に顔を寄せてオーバーテーブルの上のパソコンを覗く。

「何を見てたの？」

「妊娠中の心得とか、準備するものとか、いろいろ」

「そうか。でもまずは波瑠の身体が一番だ。無理はしないでくれよ」

「うん、わかった。それより、仕事は大丈夫なの？」

「外来が終わってひと区切りついたから。ここで波瑠を充電してからＩＣＵの患者を診に行くよ」

彼はコンビニで買ってきたというお弁当を手にして、ベッドサイドで椅子に座る。

「二週間の入院は可哀想だけど、こうして様子を見に来れるのは安心だな。本当に無事でよかった……」

私の右手を握りしめ、手の甲にチュッとキスをした。

——うん、本当によかった……。

＊＊＊

五日前、病院の廊下で意識を失った私は、ストレッチャーで救急外来へと運ばれた。物音に気づいた警備員さんと木村さんが私を発見し、すぐに救急スタッフを呼んでくれたのだ。

「赤ちゃん……お腹に赤ちゃんがいるかもしれないです」

移動中に意識が回復し、朦朧《もうろう》としながらもそれだけを告げた。

胸には心電図モニターが取り付けられ、左手から採血される。少量の性器出血が認められたためすぐに超音波エコーをすることになった。処置用ベッドに横たわって待っていると、そこに悠生さんが飛び込んでくる。

彼の顔を見てほっとしたと同時に、迷惑をかけた申し訳なさとか、お腹の赤ちゃんは無事なのかとか、姉と一緒ではないのかとか、いろんな感情が押し寄せる。

「波瑠、苦しいのか？　どうした……」

——そんなに優しく話しかけないで。私のことなんて好きじゃないくせに……。

廊下で立ち聞きした内容が脳裏を巡る。涙腺が緩み、目蓋の裏が熱くなった。

産婦人科の斉藤先生の説明に、彼が目を見開く。

「波瑠、そうなのか？　子供ができたのか⁉」

「悠生さん、ごめんなさい。私……ひとりになっても赤ちゃんを産みたい。産ませてください」

彼が今でも姉を想っているのは知っている。それでも……。

「それでも私は、悠生さんを……」

感情の防波堤が決壊した。結婚してから今日まで胸に押し込めていた不安が一気に溢れ出し、自分でももう止めることができない。

「私、悠生さんのことが大好きなの……別れたくない！」

狼狽《うろた》える悠生さんと、彼に冷たい目を向ける病院スタッフ。完全アウェイの状況で、悠生さんが必死に弁明を試みた。

「冬美はシンガポールから一時帰国しているんだ。俺たちの結婚を祝福してくれて。そっ、そうだ、波瑠にも会いたいと言っていた！」

彼はナースに姉の電話番号が書かれたメモを渡し、すぐに連絡を取るよう伝える。

そして医師と私を交互に見ながら「とにかくエコーを見させてほしい」と頭を下げた。

「俺には夫としてエコーを一緒に見る権利があるはずだ！　いや、見たいです、見せてください、お願いします！」

――いつも冷静で絶対に取り乱さない悠生さんが、病院で『俺』って……。

彼の必死な様子を見ているうちに、私は徐々に冷静さを取り戻してきた。

――そうだ、私は悠生さんと話をするために病院に来たんだった。

何でも言い合って、喧嘩して、仲直りして。そういう関係を築きたいと思っていたはずなのに、一方的な噂話を鵜呑みにして逃げようとしていた。私はまだ彼自身から何も聞いていないというのに。

「――奥様、どうします？　嫌ならハッキリそう言えばいいんですよ？」

斉藤先生から聞かれて我に返ると、私は慌てて頷いた。

「大丈夫です、彼と一緒にエコーを見させてください」

先生はすぐにナースたちに退室を命じ、私と悠生さんだけを残して経膣エコーを開始してくれた。間もなくモニター画面に子宮の様子が映し出される。

「ああ、妊娠なさっていますね。ここに胎嚢《たいのう》が見える」

画面の黒い塊を丸く囲って教えてくれた。

「俺たちの赤ちゃん……」

湿っぽい声音に顔を上げると、椅子に座った悠生さんの瞳が潤んでいる。その表情には妊娠を疎ましく思ったり迷惑がったりする様子など微塵もない。

――ああ、そうだった。

結婚してからの二ヶ月間、いや結婚前からも、彼は不器用な優しさを見せてくれていた。首にふわりと巻いてくれたマフラーや防犯ベル。新婚旅行の蛍の約束、ペアのマグカップ。一緒にお弁当を食べるために貴重なお昼休みに迎えに来てくれて。

そうして彼が積み重ねてくれた夫婦の時間を、どうして私は信用しなかったんだろう。

「……うん、私たちの赤ちゃんだね」

自然に指先が触れ合って、気づけばふたりでぎゅっと手を握り合っていた。

診断の結果、今は妊娠五週で、出産予定日は来年の二月二十日だと告げられる。

「胎嚢の周りに少量の血液が認められます。意識を失ったのはストレスと貧血のせいかもしれませんね。しばらく入院して安静にしたほうがいいでしょう」

大半は妊娠中期までに自然治癒するが、症状が長引くと流産や早産の原因になると説明された。

「明日もう一度エコーで診させてください。このまま病室に移っていただくので入院手続きをお願いします。それと……ストレスは母体にも赤ちゃんにも大敵ですからね。おふたりでじっくり話し合ってください」

先生は『ストレス』の部分をやけに強調すると、最後にもう一度悠生さんに冷たい目を向けて退室していった。

悠生さんがスンと鼻を啜り、椅子から私を振り返る。両手で私の右手を包み込むと、今にも泣きだしそうな表情で口を開いた。

「いろいろ悩ませてすまなかった。でもこれからは俺も一緒に考えさせてほしい。ひとりで産むとか別れるとか、二度とそんなことを言わないでくれ。俺の妻は一生君だけなんだから」

「悠生さん……」

そしてストレッチャーで特別個室に運ばれたところで、タクシーで駆けつけてきた姉と約三ヶ月ぶりの再会を果たしたのだった。

病室に駆け込んできた姉によって悠生さんの浮気疑惑は払拭された。姉と悠生さんが交互に語って聞かせてくれたのは、大学時代から十年にもわたる『偽の恋人関係』についてだ。

お見合い回避で『偽の恋人』になったこと、姉に恋人ができてシンガポールについていくことにしたものの、父からの妨害を恐れて結婚ギリギリまで隠していたこと、それに悠生さんも協力していたということ。

驚いたのは、悠生さんがずっと前から私を好きだったというくだりだ。私のことをかわいらしいと思いつつ、友人の妹でしかも七歳差ということがあり気持ちを押し殺していたのだという。

「波瑠へのプレゼントを選ぶのが楽しくて、渡す瞬間はとても緊張して。でもいつも君が本当に嬉しそうな笑顔を見せてくれるから、毎年楽しみで仕方がなかった」

そんなことを言われたら嬉しいに決まっている。

私たちは長いあいだ両片想いで、打ち明ける勇気もなくて。けれどそれにいち早く気づいた姉がひと芝居打ってくれて、おかげで私と悠生さんの今がある。

副院長室で悠生さんと会っていた理由も教えられ、すべては勘違いだったと判明した。これで大団円だ。

——けれど……。

「だったら、どうしてもっと早く教えてくれなかったの？　恥ずかしすぎて、もうスタッフの顔を見れないよ！」

救急外来での言動は、思い出すだけで赤面ものだ。いくらパニック状態だったとはいえ、あのときの私はひどすぎた。

けれどわかってほしい。はじめての妊娠とか悠生さんと姉のこととか、いろんな不安が一気に押し寄せて、感情のコントロールができなかったのだ。

あとで病室に来た斉藤先生が、『妊娠するとホルモンのバランスが崩れて精神的に不安定になることはよくありますよ』とフォローしてくれたけれど。今後も私はあのときのことを思い出すたびに、ひとりでいたたまれなくなるのだろう。

「勘違いで大騒ぎして、もう本当に、一生の恥！」

「本当にごめんね！」

「本当に悪かった！」

私が両手で顔を覆って悶絶《もんぜつ》すると、姉と悠生さんが揃って頭を下げる。考えてみると、こうしてふたりが並んでいるところを見るのは久しぶりだ。

「……それにしても、ふたりは本当に仲良しだよね」

悠生さんと姉には同じ大学出身で同じ医師という共通点がある。そのうえ『共謀者』としての長い歴史まであるのだから、気が合うのは当然だろう。

——仕方がないとは思うけど……。

「私が知らないふたりだけの思い出がいっぱいあると思うと、なんだか妬けちゃうかも」

唇を尖《とが》らせながらモニョモニョと呟いたら、悠生さんが「波瑠が妬いてくれた！」と顔をぱあっと明るくする。

「ずっと俺の片想いだと思っていたから嬉しいよ。もちろん俺は波瑠一筋だ！」

「焼きもちを妬いたりして、子供っぽいと思わない？」

「子供でも大人でも何でもいいよ！　これからはそうやって気持ちを伝えてほしい」

「悠生さん……」

うるうるしながら見つめ合うと、悠生さんの隣から「んんっ！」と咳払《せきばら》いが聞こえてくる。

——あっ、そうだ。お姉ちゃんもいたんだった！

これではまるで赤面祭りだ。今日は恥ずかしいことばかりしている気がする。

けれど首をすくめる私に姉が微笑みかける。

「なんだ、あなたたち、ちゃんと夫婦らしくなってるじゃない。波瑠、そうやって気持ちを言葉にすればいいんだよ。あなたはわがままを言わなすぎなんだから」

——お姉ちゃん……。

姉は長らく私の将来について心配していたのだという。自分で何も決められないいま大人になってしまった私が、一生このままなのではないかと。

「お父さんってすごく保守的でしょ? 女は家に入って夫を支えるものだとか、仕事をしなくてもいいんだ……みたいな。そのくせ私には医師になれ、病院を継げって当然のように言い続けて。ダブルスタンダードも甚だしいじゃない? いつかガツンと言ってやろうと思ってたんだよね」

父親の言うなりで自己主張をしない妹を歯痒く思い、どうにかできないかと考えていたそうだ。

「それと、波瑠のことが羨ましかったのかな。波瑠は大事にされてたから」

「私が大事? そんな、私は何もできないから呆れられていただけで……」

「ううん、大事にされてたんだよ。お母さんに面影が似ている波瑠に、無理をさせないよう、怪我のひとつもさせないよう、大事に大事に守っていたの。だから早く結婚して幸せな夫婦生活を長く続けてほしかったんだと思う。お母さんとはそれができなかったから……」

私には勉強しろ、医学部に行けって厳しくしてたくせにね……と肩をすくめたその顔が、なんだかとても寂しげに見えた。

——そんな……。

「私こそお姉ちゃんが羨ましかったのに」

「うん、そう思ってもらえるよう頑張った。張り合ってたのかも。あなたたちに『両想いだよ』って言わなかったのも……ちょっと意地悪しちゃったのかな。ごめんね」

——ううん、違う。これは姉の愛だ。

姉は自分が家を出れば次に私にお鉢が回ってくることがわかっていた。私が父に頼まれたら断れないであろうことも予測していた。

だから私が一年間社会経験を積むのを待って実行に移したのだ。自分で考え、行動に移す猶予を与えるために。そのために憎まれ役を買ってまで。

美人で華やかで自信に溢れている姉に憧れていた。姉と自分を比べては勝手に卑下して落ち込んでいた。

けれど姉だって完璧じゃない。悩んだり嫉妬したりする、私と同じひとりの女性なんだ。

「お姉ちゃん、ありがとう」

姉は「うん」と頷いて、「喉が渇いたんじゃない？　何か飲み物を買ってくるよ」と立ち上がる。スライドドアを開けたところで動きを止めた。

「お父さん……！」

──えっ？

私と悠生さんもドアを見ると、そこには白衣を羽織った父が立っている。

「外科の当直医を確保できたから、悠生くんは波瑠のそばにいてやってくれ……と言いに来たんだが……」

きっと話を聞いていたんだろう。父は気まずそうに視線を泳がせながら病室に入ってきた。ドアを静かに閉めると姉と向き合う。

「冬美、久しぶりだな」

「……久しぶり」

「いつ帰ってきた」

「先月。でも、また向こうに行く」

「そうか……話があるから座りなさい」

父は応接セットのほうに顎をしゃくり、静かにソファーに座る。向かい側に姉も座ると、父はテーブルの上で指を組んで口を開いた。

「悪かったな」

――えっ？

ベッドのほうから見守っていた悠生さんと私は、思わず顔を見合わせた。

「おまえに期待をかけすぎて、つらい思いをさせてしまったんだな」

「お父さん……」

「母さんから預かった大事な病院を守りたかったんだ」

私たちの母親は倉木総合病院のひとり娘だった。父はこの病院で外科医として働いていたときに当時の院長、私たちからは祖父にあたる人に仕事ぶりを認められ、母と見合い結婚したのだという。

「母さんと院長から託された大切な病院を守りたかった。母さんの大事にしていた場所をおまえたちに譲り渡したかったんだ」

しかしそのせいでおまえを縛り付け、結局遠くに行かせてしまった……と父は項垂れた。

「お父さん、私が医師になったのも結婚してシンガポールに行くことを決めたのも自分の意思だよ。誰のせいでもなく、私がそうしようと決めたの」

姉は幼い頃、母と一緒にお弁当を持って父のところに届けに来ていたのだそうだ。そのときに病院で働いている医師の姿を見て、自分も白衣姿に憧れたのだという。

「たしかに後継者になると決めつけられて反発もした。けれど期待を裏切ったのは私のほうで、お父さんが謝ることじゃない」

姉はキッパリ言い切って、「でも、優秀な後継者がいるからもういいよね。私は謝らないよ」と微笑んでみせる。

父と姉は同時にこちらに振り向くと、悠生さんと私に視線を向けた。

「波瑠も……俺のせいで言いたいことも言えずに我慢していたんだな」

「私は我慢だなんて思ってなかったよ」

無知で世間知らずな私は、父に守られた世界でぬくぬくと暮らしていただけだ。

「私は幸せだよ。大好きな人と一緒になれて、お父さんとお母さんが大切にしてきた病院を、今度は彼と守っていく。それが私の幸せ」

「子離れできていなかったのは俺のほうだ。おまえはもう立派な大人だというのに」

私が早産で小さく生まれた上に病気がちだったこともあり、早逝した妻と重ねて見ていたのだ……と父が言う。

幸いにも長女は健康で、みずから医師になりたいと申し出てくれた。病院は姉のほうに託すと決め、厳しく教育を施した。その反面、私には家庭に入って夫から庇護《ひご》される生活を父は望んだ。

「医療現場の仕事は体力勝負だ。身体が弱くては務まらない。だから早く家庭に入って、冬美とは違う形の幸せを掴んでくれればと思っていたんだ」

――お父さん……。

父はソファーから立ち上がると、「今日はもう遅い。とくに波瑠は妊婦なんだ。早く休んだほうがいい」と言ってドアのほうへと歩きだす。ドアの手前で振り向くと、私と姉を交互に見つめる。

「冬美、結婚おめでとう。波瑠、懐妊おめでとう。ふたりとも俺の自慢の娘だ」

最後に悠生さんに「娘と孫をよろしく頼む」と告げて出ていった。

そのあと姉と悠生さんは救急外来を訪れて、自分たちは長年恋人のフリをしていたこと、今日は密会などではなく私の様子を聞きに来ていたことを説明した。そして『今日はお騒がせして申し訳なかったです！』……とふたり揃って頭を下げたのだそうだ。

「――救急外来のスタッフから、すぐに病院中に伝わるだろう。これで変な噂は消えるはずだ」

そう悠生さんが言っていた。

これがのちに、病院スタッフのお笑い鉄板ネタとして語り継がれるようになった『副院長夫人の号泣事件』の顛末だ。

＊＊＊

「──ねえ、そろそろ時間じゃない？　ＩＣＵに行かなくてもいいの？」

「もう少し大丈夫」

「本当に？　悠生さん、ちゃんと仕事してる？　私の評判がこれ以上悪くなったら悲しすぎるんだけど」

「ハハッ、大丈夫だ。俺の奥さんはかわいいと評判だ」

「そういうことを言ってるんじゃないし！」

「ハハッ」

悠生さんが暇さえあれば病室に来るものだから、ドクターやナースが回診に来るたびに『副院長、また来てる！』とか『相変わらず仲良しですね〜』と言われるので恥ずかしい。それに私は救急外来で大失態を犯した身だ。夫が妻の病室に入り浸りでサボっているとか言われたらいたたまれない。

「来てくれるのはありがたいけど、本当に無理をしないでね。病院ではお仕事優先で！」

「家族を優先にしたうえで、仕事もちゃんとするから問題ない。それとも俺がここに来るのは迷惑か？」

「迷惑なはずない！　でも、悠生さんの評判が悪くなったら……っ！」

途中で唇を奪われて、肉厚な舌が差し込まれる。口内をぐるりと舐めまわしたあとで、水っぽい音を立てて離れていく。コツンとおでこをぶつけられ、至近距離から見つめられた。

「俺は完璧に仕事をこなす。評判は悪くならない。それでいいだろう？」

唇の端を吊り上げて、自信満々な顔で言ってのける。

「はっ、はい……いい、です」

――もうっ、ズルい！

目の前でこんなキメ顔をされたら、何を言われても頷くに決まってる。

結婚前はあんなに冷たくて愛想無しだったくせに、夫になった悠生さんは変わりすぎだと思う。

「こんなところでキスしたら、斉藤先生に叱られちゃうよ。そういえば午後から回診に来るって言ってた」

「えっ？　あっ、それじゃあ俺はそろそろＩＣＵに」

悠生さんは慌てて廊下を振り向くと、白衣を手にして立ち上がる。

救急外来で冷たい視線を向けられて以来、彼は斉藤先生を怖がっている。浮気疑惑は晴れたものの、あの口調で『ちゃんと奥様を大事になさっていますか？』などと聞かれると一気に背中が冷えるらしい。それでも会えば笑顔で会話しているので、母親に叱られる感覚なのかもしれない。

――あっ、そういえば。

「ねえ、退院したらやりたいことがあるんだけど」

「んっ、何だ？」

「私、医療事務の資格を取ろうかと思って」

悠生さんは瞳を優しく細めると、「ああ、いいんじゃないか」と速攻で賛成してくれた。

私は退院後もしばらくは自宅安静になるが、検診で出血が治まっていれば徐々に元の生活に戻せると聞いている。仕事は出産後落ち着いてから、体調を見て考えようと悠生さんと決めた。まずはお腹の赤ちゃんと私の健康が優先だ。

私は空いた時間で悠生さんにおいしい料理を作りたいし、赤ちゃんのために編み物もしたい。そして自分のために資格を取って、悠生さんが父から引き継ぐ病院でバリバリ働くのだ。

「応援するよ。頑張れ」

彼は私の頬にキスをひとつ落とすと仕事に戻るべくドアへと向かう。スライドドアに手をかけたところで立ち止まって振り向いた。

「波瑠、俺もやりたいことがある」

「えっ、何？」

「出産に立ち会うこと、波瑠と子供を全力で愛すること。それから……来年の夏には家族で蛍を見に行こう」

「悠生さん……」

数ヶ月前の彼との約束を思い出す。あのときの私はまだまだ未熟で、彼の言葉を疑ってばかりいたけれど。

「うん、絶対に見に行こう。家族三人で」

静かになった病室で、私は窓から外を見る。大きく枝を伸ばした広葉樹が、真夏の日差しを浴びてキラキラと輝いていた。

＊＊＊

「波瑠、お迎えついでに何か買ってくるものはないか？」

玄関で靴を履きながら、悠生さんが振り向いた。

「大丈夫、この前悠生さんが買い出しに行ってくれたばかりだし、食事はお寿司の出前を頼んであるし」

「そうか、わかった。悠太《ゆうた》、ママとお利口にしてるんだよ」

彼は私の腕に抱かれている悠太の頭をさらりと撫でると、私に微笑みかけてから玄関ドアを開ける。私もサンダルを履いて外廊下までついていった。

季節は早春。三月上旬の日差しは柔らかく、頬を撫でる風も心なしか暖かい。

「天気がいいし飛行機は予定通りに着きそうだな」

「うん、もしも遅くなるようなら連絡してね。お父さんが先に来ても食事しないで待ってるから」

時刻は午後一時半。シンガポール発の飛行機が日本に到着するまであと一時間ちょっとだ。多少の渋滞があったとしてもお迎えには間に合うだろう。もうすぐ姉との再会だと思うと心が躍る。

シンガポールにいる姉から一時帰国の連絡があったのは三週間前。私の出産に合わせて帰国したかったそうなのだが、病院の仕事や患者さんとの兼ね合いもあって今日になったらしい。

『どうせ悠生は忙しくて家にいないんでしょ？　私がヘルプに行くあいだはのんびりしなよ』

出産後二週間経って寝不足でもあったので、姉の言葉が頼もしかった。

——でも、悠生さんも頑張ってくれてるんだよね。

副院長をしながら外科医としてたくさんの患者さんを診ている悠生さんは忙しい。それでも私が医療事務の資格を取るまでは家事よりも勉強を優先させてくれたし、出産後も『せっかくの育休なのに、波瑠が休めなかったら意味がないだろう？』と言って仕事が終わればすぐに帰ってきてくれている。休みの日には買い物もしてくれるし、今では悠太の沐浴《もくよく》もオムツ交換も手慣れたものだ。

つい先日も、私がソファーでうたた寝していたら彼がお姫様抱っこでベッドまで運んでくれた。

『波瑠、お疲れさま、愛してるよ』

そう言って額にキスを落として部屋を出ていったけれど、途中から私が目を覚ましていたことも、そのあと枕に顔を埋めて悶絶したことも悠生さんには内緒だ。

——幸せだなぁ。

「波瑠？」

ぽかぽかと暖かい陽気と幸福感に浸っていたら、悠生さんに顔を覗き込まれた。

「あっ、ごめん、気をつけて行ってらっしゃい！」

「ああ、でも、今のうちにキスをしておきたいんだけど、いい？」

「も、もちろんだし……私だって、悠生さんと、キス、したいし」

彼がふっと目を細め、周囲を見渡してから素早くチュッとキスをした。

「ごめん、もう一度だけ」

返事を待たずに再び唇を重ねると、口内をぐるりと舐めまわしてから離れていく。

「行ってきます」

真っ赤な顔の私と腕の中でうとうとしている悠太に微笑みかけて、彼はエレベーターに乗り込んでいった。

「もっ、もう！　……もうっ！」

――もう、本当に、幸せだ。

誰に決められたわけじゃない、私が決めた、私自身の……私たちの幸せだ。

廊下の手すりから見上げた空は真っ青だ。眩《まぶ》しい太陽に目を細めると、飛行機雲が遠くまで真っ直ぐに伸びていくのが見えた。

Fin

【番外編】七海悠生観察日記　side冬美

——おっ、今日もまたやってるわ。

大学のカフェテリアのお昼どきは混んでいる。私がサンドイッチとコーヒーの載ったトレイを持って空席を探していたところ、窓際のカウンター席で黙々とランチをとっている七海くんと、そのうしろでウロウロしている医学部女子が目に入ってきた。

女子は七海くんの隣の席を狙っていたのだろう。隣のハイチェアーが空いた途端にそこに座り、七海くんに「こんにちは～」などとわざとらしい笑顔で話しかける。

「こんにちは」

七海くんは素っ気なく答えると、紙コップに入っていた残りのコーヒーを一気に飲み干した。トレイを持って席を立ち、返却口に戻してすぐに出ていってしまう。カウンター席に残された彼女は、悔しそうな表情でそのうしろ姿を見送っていた。

「あの子、絶対に七海くんを落としてみせるって言ってたのにね。入学から三ヶ月以上過ぎたのに相手にもされてないじゃん」

「もう誰が行っても無理でしょ。女性に興味がないんじゃないかって噂もあるし」

近くの席から噂話が聞こえてくる。

——そうなのかなあ。単純に人間嫌いな気がするけれど。

七海悠生、私と同じ大学一年生。医学部トップの成績で、百八十センチ以上の高身長。ギリシャ彫刻かい！ってツッコミを入れたくなるほど彫りが深く整った顔立ちの彼は、入学直後から目立っていた。いい意味でも、悪い意味でも……だ。

七海くんは人と群れるのを嫌う。とくに女生徒に対しては辛辣だ。最低限の会話をする以外は平気で無視をするし、告白されても『興味がない』のひと言で切り捨てる。積極的にアタックするもの、陰からひっそりと見つめるもの、無言でプレゼントや手紙を渡してくるもの。そのすべてを素っ気なくかわし、バッタバッタと薙《な》ぎ倒していく様子は見ていてなかなか壮観だ。

そして私、倉木冬美は、入学直後からそんな彼が気になって、何かと目で追うようになっていた。

恋愛感情？　いやいや、断じてそんなものじゃない。強いていうなら共感、いや、仲間意識とでもいうのだろうか。私と彼とはあらゆる面で考え方が似通っていた。

「——ねえ、目の下の隈がすごいけど、ちゃんと寝てる？」

大学一年の八月、学期末試験の最終日。私は思い切って七海くんに声をかけてみた。

最近の彼は生気がなく、明らかに疲れきっている。理由は想像がついた。薬学部のストーカー女子だ。ここ一ヶ月ほど七海くんに付き纏っている彼女は、ほぼほぼ毎日茶封筒入りのラブレターを渡しに来ていた。

——ちょっとさすがにヤバいんじゃないのかな。

相変わらず無視を貫いているようだが、顔色が悪いし目の下の隈が尋常じゃない。同じ医師を目指すものとして放置しておくのが可哀想になった。こちらが心配して声をかけたというのに、彼は「大丈夫だ、放っておいてくれ」とつっけんどんに答えるだけだ。

——そんな態度でいたら孤独死まっしぐらだよ！

カッとした私は七海くんの前で仁王立ちし、「あなた、自意識過剰なんじゃないの？」と説教してやった。

じつは私もなんとなく七海くんの気持ちがわかる。

昔から嫌というほどモテてきた。自分で言うのもなんだけど、総合病院の院長の娘で成績優秀。黒髪ボブのクールビューティーだ。父に似たキツめの顔立ちは一定の層に需要があるらしく、『冷たそうなところに惹かれる』とか『その目で睨《にら》まれるとゾクゾクする』と言い寄られる。

私はマザコン男が嫌いだしSMの趣味もないので、そういう輩《やから》は速攻でお断りだ。振った男には『お高くとまってる』と悪口を言いふらされ、周囲の女性陣には『モテを自慢している』と喋ってもいないのに敵対心を持たれ。そんな日々に辟易していた私は、最低限の信用がおける友人以外とは付き合わないようにしていた。

『恋愛に興味ないから』とあっさり振ってしまう私に、友人は『もったいない』とか『高望みしてると行き遅れるよ』などと言うけれど、違う、そうじゃない。私はただ、恋愛よりも勉強のほうに興味があるだけだ。好きだと思える人が現れれば付き合ってみたいが、今は恋愛にそこまでの価値を見出せていないだけ。そんな単純なことを理解してもらえないのがもどかしい。

そして七海くんに自分と似た空気を感じた私は彼と話をしたくてウズウズしていて。だから彼の窮状を見て見ぬフリができなかったのだ。

「——だからさ、私はあなたにこれっぽちも恋愛感情はないし、むしろライバルが減ってくれたらラッキーくらいに思ってるわけ。それでも医師を志すものとして心配してるんだから、そこは素直に『ありがとう』って言おうよ」

一気に捲し立てる私に彼はキョトンとしていたが、次の瞬間には「ハハッ」と豪快に笑ってみせた。

——あら、ちゃんと笑えるんじゃないの。

慌てて周囲を見渡せば、教室内の女子が一斉にこちらを見ている。クール男子の笑顔はさぞかしギャップ萌《も》えなことだろう。全員もれなく瞳がハート型だ。

——これは目立ちすぎだな。

「ねえ、ちょっとこっちに来てよ」

私は彼を近所の喫茶店に連れ込んで、私たちは非常に似ていること、自分も今は恋愛に興味がないし、七海くんはタイプじゃないから絶対に好きにならないということを伝えた。

「どう言えばいいのかな……七海くんは私の男性バージョンみたいなもんでさ、なんか放っておけないのよ。困ったときには助けになるから遠慮なく声をかけてほしい」

それをきっかけに七海くんのほうから話しかけてくれるようになり、学習レベルも同じくらいだった私たちはちょくちょく行動をともにするようになった。そのうち互いを名前で呼び合うようになり、男女の垣根を越えた親友となったのだった。

「——なあ、どうしたら女性に嫌われることができるんだ？」

それからしばらくして、いきなり悠生に質問された。どうやら例の茶封筒入りラブレターに困り果てているらしい。

「ああ、知ってた。薬学部の子でしょ？　無視しても追いかけてくるのなら、ハッキリ嫌いだって言ってあげればいいじゃない」

「そんなのとっくに言ってるよ。さすがに嫌いとまでは言わないが、興味がないと伝えている」

そのとき私に名案が浮かぶ。悠生に恋人ができればいいのだ。いや、本当じゃなくてフリでいい。そしてその相手には私が相応《ふさわ》しいだろう。

じつを言うと、ここのところ私は女生徒たちから敵意を向けられている。ハッキリした物言いをする私は以前から浮いてはいたが、悠生と行動をともにするようになってからは、そこに嫉妬の視線が加わった。周囲を欺くためには適任だ。

悠生は私を巻き込むことに躊躇していたが、今さらだからと言ったら受け入れた。彼も藁《わら》にも縋《すが》りたい気持ちだったのかもしれない。

ある日、校内のカフェテリアで悠生とランチをしていたら、例の薬学部の女子がツカツカと近づいてきた。彼女が茶封筒を差し出してきたところで私がすかさず押し返す。

「ねえ、私の彼氏にこういうことをしないでもらえるかなぁ」

「は、彼氏？　何言ってるの？」

「この人、私にゾッコンだからあなたのことなんて眼中にないよ。悠生も迷惑だって言ってるし、もう付き纏うのはやめてあげて。ねっ、悠生？」

薬学部の女子が怒りで顔を真っ赤にし、テーブルの上の紙コップを掴んで中身の水をぶち撒《ま》けてきた。おかげで私がびしょ濡れになったけれど、それ以来、大学では悠生に付き纏う女がぱったりと途絶えた。偽の恋人効果は絶大だ。

こうして学内限定で恋人のフリをしていた私たちだったが、それが家族にまで規模を広げたのは大学三年生の夏。父の論文の英訳を悠生に頼んだのがきっかけだった。

大病院の御曹司で見かけも頭もいい悠生を父が大層気に入って、その日のうちに我が家の食卓に招いた。悠生の家族構成や彼女の有無までしつこく聞く様子を見て、『これは気に入ったな』と直感した。

案の定、玄関で悠生を見送ったあとで『冬美、ちゃんと彼を門まで見送りなさい。いい青年じゃないか』などと言ってくる。

これはマズい、ただでさえこのところ『大学にいい相手はいないのか』とか『そろそろ見合いをしてみないか』と言われていたのだ。その父が悠生を見逃すはずがない。ロックオンしたからには早々に七海家に見合いの打診をするだろう。

私は慌ててサンダルを履くと、悠生のあとを追いかける。

「ねえちょっと、父は悠生のことを気に入ったらしいよ。そのうちにあなたの親に見合いの打診でもするんじゃない？」

「先生に気に入られるのはありがたいが、冬美との見合いはないな」

こっちこそ悠生と恋愛なんてありえない。同族嫌悪みたいなものなのか、熱量の低い男にはそそられない。恋をするならもっと表情豊かで情熱的なほうがいいと思う。それにそのうち病院実習も始まるし、その先には国家試験も待っている。余計なことに煩わされるのはまっぴらだ。

「ねえ、いっそのこと恋人になっちゃおうよ」

最初は親まで騙すことに躊躇していた悠生だが、見合い回避の魅力には抗えなかったらしい。最後には「わかった。冬美の案に乗るよ」と頷いた。

家族を巻き込んでの『偽の恋人』のお芝居の始まりだ。

私には波瑠という七歳年下の妹がいる。父親似で身長が高くて目つきがキツい私と違い、波瑠は目が大きくて柔らかい雰囲気の母親似だ。

母は元々身体が弱く、ふたり目の出産は危険だと医師に言われていたらしい。そのせいなのかは知らないが、波瑠を産んだ二年後に肺を悪くして亡くなっている。

波瑠は身体が弱いところまで母親似で、幼い頃から父に大事にされてきた。波瑠に手がかかるぶん私のほうは大人扱いされることが多くなり、おかげで早いうちから自主性が培われたと思う。自然な流れで父と私は『波瑠と病院を守る同志』のような関係になっていき、私が妹の面倒を見るのも病院を継ぐのも当たり前の流れになっていた。

もちろん私もかわいい妹が大好きだ。よちよち歩きで必死についてくる姿が愛おしくて、それでも時々無性にいじめたくなるときもあって。私がわざと隠れてやると、波瑠はすぐに大泣きする。しばらくして姿を現したときに駆け寄ってくるのが嬉しくて、私は何度も同じようなことを繰り返したのを覚えている。今思えばペットみたいな感覚だったのかもしれない。

そのかわいい妹が恋をした。なんと相手は無愛想クール男子、悠生だ。

「――妹さん、フランス人形みたいだね。冬美とは正反対のかわいい系ってやつかな」

それが、悠生がはじめて波瑠を見たときの印象だ。

「そう、私が父親似で波瑠が母親似なの」

私と違って箱入り娘で、父に徹底的にガードされている。なんかふわふわしていて危なっかしい……と教えたら、悠生が「なんかわかる気がするな」と妙に食いついていたのを覚えている。

それでも彼は無表情ぶりを貫いていたため、中二の波瑠にとっては怖い存在だったようだ。「あんな無愛想でドクターになれるのか」とか「お姉ちゃん、いじめられていない？　大丈夫？」などと言って真剣に心配してくれている。

ピュアな波瑠は悠生本人にもそれを伝えたらしく、「廊下で『姉を大切にしてください！』って言って部屋に逃げてった。ハハッ、俺はいじめっ子じゃないってば！」とアイツが楽しそうに笑っていた。

私が最初に「あれっ？」と思ったのは、私たちが医学部五年生に進級した春のこと。波瑠の高校入学を伝えたら、悠生が入学祝いを贈りたいと言いだしたのだ。

「なあ、妹さんに入学祝いを贈りたいんだが、何がいいだろうか」

「えっ、波瑠に⁉」

――むむっ？　あれれっ？

これは非常に珍しい。悠生の口から女性に贈り物をしたいだなんてセリフ、はじめて聞いた。というか私もあなたからプレゼントなんてもらってないですけど！

――ちょっと悠生、波瑠をやけに気に入ってない？

けれどここで問いただすほど馬鹿じゃない。お互い必要以上に干渉しないことが

『偽の恋人』の秘訣《ひけつ》なのだ。それに波瑠はまだ高校に入学したばかり。ここで悠生を焚《た》き付けるような真似はしたくない。私としては親友も妹も大事なので、当たり障りのないアドバイスだけを与えておいた。

「──冬美、これを妹さんに渡してくれないか？」

「──ええっ⁉」

次に悠生が家に来たとき、カバンの中に花柄の包みを携えていた。

──これって、アレじゃないの？　ねえ君、恋しちゃったんじゃないの？

というセリフを呑み込んで、私はそっけない返事をする。

「そんなのは自分で渡しなよ」

「俺が、自分で⁉」

「何言ってるの、それは私からのプレゼントじゃないし、あなたが波瑠に贈りたくて買ったんでしょ？　最後まで自分で責任持ちなよ」

悠生が戦場に向かうかのような決死の形相で廊下に出ていったかと思うと、しばらくしてからものすごい勢いで部屋に戻ってきた。肩で大きく息をしている。

「悠生、顔が赤いけど、大丈夫？」

「大丈夫だ。問題ない」

──そんなに動揺していて大丈夫なわけないだろ！

これは冗談抜きで、悠生は波瑠に恋しているんだと思う。だとすれば私は波瑠の姉として真剣に考えるべきだ。

──悠生が波瑠と付き合うことになったら……。

うん、悪くない！

悠生は眉目秀麗、成績優秀なエリートだ。将来立派な医師になること間違いなしだし、何よりモテるくせに硬派で浮気の心配もない。父にも気に入られているから反対されることもないだろう。

──ただ、私の都合がなぁ。

悠生にはもうしばらくは恋人役をしてほしい。それに悠生が何も言ってこないなら私は見守るべきだと思う。

その日の夕方、友達の家から帰ってきた波瑠が、「悠生さんは、もう帰ったの？」と聞いてきた。

「えっ、どうして？　あっ、それ、悠生にもらったマフラー？　似合うじゃん」

「あっ、うん。あの……、ありがとうございますって、伝えてほしい」

頬をぽぽっと染めながら、かわいい妹がうつむいた。

——んっ、あれっ？ これは……。

決定的だったのは波瑠のストーカー事件のときだ。

他校の男子生徒が校門で波瑠を待ち伏せし、そのまま家までついてきた。私がそれを話した途端、悠生が目の色を変えて問いただしてきたのだ。

「おい、もっと詳しく話してくれ」

「そんなのストーカーだろ。警察に突き出してやれよ」

「いや、どう考えてもヤバいだろう」

尋常じゃない食いつきようで、これはもう確定だな……と思った。

病院実習を終えて家に帰ってすぐ、窓からなんの気なしに外を見た私は驚愕した。

「えっ、あれ、悠生じゃん！」

高身長のイケメンが、少し離れた曲がり角から我が家のほうをじっと見つめている。

きっと私からストーカーの話を聞いて心配になったのに違いない。

——いや、あんたも十分ストーカーじゃん。

なんと悠生はその二日後にストーカー高校生を捕まえて退散させたらしい。私はその日に限って帰りに買い物に行っていたため、その現場を見ることができなかったのだが。

「俺が追い払っておいたから、たぶんもう来ないと思う。もしもまた来るようなら俺に言ってくれ」

そう鼻高々に言ってたけれど、悠生、あなた自分も家まで来てたってバラしてるようなもんだからね。あなたの名誉のためにツッコまないでいてあげるけど。

次のバイトのときには波瑠に防犯ブザーをプレゼントまでして、警戒心の薄い波瑠の態度に声まで荒げて。

「ストーカーに遭ったというのに何を言っているんだ！　だいたい君はぼんやりしすぎだ！　もっと自覚を持ったほうが……！」

そこまで真剣に怒るなんて、もう思い切りハマってるじゃん。もう好きって言っちゃえばいいのに。私だって協力するよ？

「ねえ、いっそ波瑠と付き合ってみる？」

「何言ってるんだ、冬美が彼氏と結婚する準備が整うまでは恋人のフリを続けるって約束だっただろ？」

せっかくチャンスをあげたのに、当の本人は及び腰だ。いや、私に気を遣ってくれているのかもしれない。

少し前から私に彼氏ができた。高校時代の後輩でひとつ年下。しかも医師ではなく総合商社に就職予定だ。父が反対することは確実なので、彼との交際は隠している。

「ふ～ん、まぁ、私的にはこのままフリを続けてくれるなら大助かりだけど」

「俺だって女除けになって助かってるよ。国家試験に合格するまでは勉強に集中したいしな」

——本当に？　波瑠が誰かに掻っ攫《さら》われちゃってもいいわけ？

「でもさ、さすがにいつまでも『君』とか『あのさ』はないんじゃない？　そろそろ波瑠って呼んであげなよ」

「そっ、そんなの今さら……」

「今さらって、もうかなり長い付き合いじゃん」

「付き合いって、彼氏でもないのに図々しいだろ」

——モテ人生を歩んできたくせに何を今さら！　あんたは乙女か！

こうしてあっという間に月日が過ぎ、私がジレジレしながら見守っているのに、両片想いのふたりがくっつかない。

波瑠はしょうがないだろう。私と悠生が恋人同士だと思っているし、横恋慕できるような子ではないからだ。

それにあの子は自分のせいで母親が死んだと思っているフシがある。そのため父に逆らえず、就職するのもひと苦労だった。波瑠は父の病院で受付業務をしているが、それさえ父は反対していた。

波瑠が大学三年生のとき、父が私に波瑠の見合いを相談してきたことがある。

「波瑠にいい見合い相手を見繕ってやろうと思うんだが、どんな相手がいいだろうな」

「そんなのまだ必要ないんじゃない？　そのうち好きな人を連れてくるかもだし」

「いや、変な男に騙されてはいけないし。波瑠は身体が弱いから経済力があってしっかり守ってくれる男性でないと」

「波瑠にだって社会経験が必要だって。あの子が働きたいって言ってるのに無理やり結婚させたら後悔するよ？」

「そうか……まあ、うちで働くくらいならいいだろう。結婚したらすぐに辞めればいいからな」

父はいつもこんな感じだ。考えが古くて保守的で。私には病院を継ぐことを当然のように命じるくせに、波瑠に関してはすべてを庇護下に置きたがっている。

父の世代の価値観を否定するつもりはないが、私は現代に生きている。父が決めた枠に収まるのはまっぴら御免だ。

——けれど波瑠は違う。

波瑠は父に逆らうことができないだろう。幼い頃からそういうものだと刷り込まれている。

父はあの子の進む道に小石のひとつも落とさないよう、危険なものを寄せ付けないよう先回りしてきた。波瑠は父にとって、母の分身でもあるのかもしれない。

私はそんな妹が可哀想で、けれど少し羨ましくもあって。だからいつも、ほんのちょっぴりいじめたくなってしまうのだ。

そうこうしているうちに月日が経って、最近院内で不穏な噂が流れ始めた。倉木総合病院の経営が思わしくなく、医療法人七生会の傘下に入るというものだ。以前から徐々に患者数が減少しているとは感じていたが、そうか、もうそこまで話が進んでいるのか。

——参ったな。こうなると悠生との結婚話も私個人の問題ではなくなってくる。

そんなときに、恋人のシンガポール駐在が決まったのだ。

私はさんざん迷った挙句、彼についていくことにした。父と病院が困ることは百も承知だ。けれど今ここで私が自分を犠牲にしたとして、こんな気持ちではいい医療もいい経営もできないだろう。

父は私と外科医を結婚させて病院を継がせたいと考えているが、私は病院は誰が継いでも構わないと思っている。血筋よりも医師としての実力とやる気で考えるべきだ。父はそうは思ってくれないだろうけれど。

それに何より悠生を無理やり茶番に付き合わせてしまった責任もある。彼が好きなのも、結婚したいと思っている相手も私じゃない。その相手は、きっと……。

――だけどアイツは動かないんだよねぇ。

悠生はいまだ波瑠への想いを隠したままだ。私が『あなたたちは両想いだよ』と橋渡しするのは簡単だ。そのほうが八方丸く収まることもわかっている。

けれどそれでは駄目だと思う。

恋愛に及び腰でいた悠生は、気持ちを伝えることが得意じゃない。一方の波瑠も父の顔色ばかりをうかがって、自己主張をしようとしない。

そんなふたりが私の手助けでくっついたって、気持ちを伝えきれずに終わるだけだ。お互い我慢しすぎてすれ違い、そのうち疲れてしまうだろう。

私は波瑠にも悠生にも幸せになってほしい。だから心から強く望み、自分で掴み取ってほしいのだ。

猶予はない。私が跡を継がないとなれば、次は波瑠に白羽の矢が立つのは確実だ。

私は批判覚悟で強硬手段に出ることを決めた。

「――悠生、私、チャペルを予約したよ。彼と結婚する」

「そうか、わかった」

今年の四月あたま、勤務先の病院で悠生にそう告げた。

――悠生、嘘をついてごめん！　だけど私は行動するよ。

チャペルの予約をしてしまえば、皆は月末までに動かざるを得ない。

シンガポール行きのチケットは予約済みだ。シンガポールには三十日間ならビザなしで滞在できる。そのあいだに彼と住むアパートや私の勤務先も見つけるつもりだ。

そして日曜日、とうとう私は爆弾を投下した。

「私、この人と結婚して海外赴任についていくから」

もちろん父も波瑠も大騒ぎしたが、私はそのまま家を出た。

翌日、退職手続きで病院に行くと、当直明けの悠生が何も知らずに歩いてくる。

「昨日、家族に彼の転勤についていくことを報告したからね。もちろんあなたと結婚しないということも」

私がいなくなれば波瑠が病院を継ぐことになる。早々に見合いさせられるだろう……そう告げた途端、悠生が目の色を変えた。

「妹さんが、お見合い⁉」

「うん、そう。元々父は波瑠を早く結婚させたがっていたし、波瑠も父親に逆らえる子じゃないしね」

絶句する彼に、私は背中を押すための言葉をかける。

「いっそ悠生が波瑠と結婚してくれたらいいのに」

「えっ⁉」

「な〜んてね、でも無理か。悠生は女嫌いだもんね。波瑠にもずっと冷たかったもんね」

「嫌われているのは俺のほうだろう。彼女が俺なんかを相手にするわけがない。七歳も歳上で、嘘でも冬美の恋人だったんだぞ」

——もうそんなの、どうでもいいじゃない！　波瑠が欲しいのなら動きなよ！　格好つけてないで本心をぶつけなよ！

それくらいしてくれなきゃ、大事な妹を託せない。

「でもまぁ、私は波瑠が幸せになってくれるなら誰が相手でも構わないんだ。それじゃ、当直お疲れさま！」

最後にトン……ともうひと押しして、私は彼に背中を向けた。

賽《さい》は投げられた。あとはふたりの気持ち次第だ。

どうなるか心配だったけれど、どうやら荒療治は成功したらしい。

悠生が波瑠にプロポーズして、ふたりの結婚が決まった。

――悠生、波瑠、それを見込んでチャペルはキャンセルしてないからね。ちゃんと波瑠が『このチャペルが素敵だね』って言ってたところを予約しておいたから！

【冬美さん、波瑠さんはお幸せそうですよ。副院長と一緒にお弁当を食べるんですって】

日本からメールが届いた。情報をくれているのは医療事務の田中さんだ。彼女は私が小さい頃から病院に勤めてくれているベテランで、進学のことや父のことなど親身に相談に乗ってもらっていた。私にとっては母親代わりみたいな人だ。

情報源は洩らしたくないから悠生には『大学時代の友達から教えてもらった』と言っておいたけれど、田中さんとは今もマメにメールのやり取りをしている。

病院を訪れたあの日も、悠生が当直だという情報をもらっていた。

田中さんからラブラブだと聞いていたからどれくらいかと思っていたら、悠生みずから『愛妻家だ』とか『不安にさせたくない』とか『彼女が誇れる存在でいたい』なんて堂々と言ってのける。

――想像以上！

悠生は波瑠にゾッコンだ。そしてこんな熱い言葉を吐くような愛妻家にしたのは波瑠なのだ。

――よかったね、波瑠……。

目蓋の裏が熱くなり、感動で胸がいっぱいになる。私は背筋を伸ばして真っ直ぐ立つと、悠生に向かって頭を下げた。

「悠生、頑張ってくれてありがとう。そして改めて、結婚おめでとう」

最高のハッピーエンドだ。散々迷惑をかけてしまったけれど、これで間違ってはいなかった。そう安心したのも束の間……。

「ちょっと待て。好き合っていたというのは違う。俺が病院を継ぐことを条件に結婚を迫ったんだ」

「はぁ？」

妙なことを言いだしたと追求すると、なんと彼はいまだに片想いのつもりでいるらしい。だってプロポーズしたんだよね？　結婚して、やることもやってるんだよね？

「あそこまでお膳立てさせておいて、何をウジウジしてんの！　ヘタレもいい加減にしなよ！」

そうだ、この男は波瑠に関することだけは思春期の少年並みの思考になるんだった。

それじゃあ波瑠のほうもいまだに片想いだと思っているのだろうか。これはマズい！

私がぜんぶぶちまけると、ようやく悠生に火がついた。

「俺は大馬鹿野郎だな。一番近くにいるくせに、何もわかっちゃいなかった。今度こそ波瑠にぜんぶ話すよ。いいだろう？」

明日にでも彼らのマンションを訪れて、ふたりで波瑠に真実を伝えることを決めた。

「それじゃあ改めて、私の妹をよろしくお願いします」

「ああ、絶対に幸せにする」

「あっ、そうだ。一応私は縁結びの神様だからさ、感謝の印に高級バッグを買ってもらってもいいんじゃない？」

「たしかにその通りだ。バッグを購入しよう。どのブランドだ」

——真面目すぎか！

まあ、それだけ波瑠に夢中ということなんだろう。

「ちょっと、冗談だってば。むしろ迷惑をかけたのは私のほうだし、だったら波瑠にプレゼントをあげてちょうだい」

「……ああ、そうさせてもらうよ」

安心した私は悠生と握手を交わして部屋を出た。

それでハッピーエンドのはずだったのに……。

タクシーがアパートの駐車場に停まった直後、病院のナースから電話があった。

『妹さんが倒れられました！　それで副院長がお姉さんを呼ぶようにとおっしゃられて』

――えっ⁉

そのままタクシーで病院に戻ると、波瑠は特別個室に入院したと聞かされて。

「本当にごめんね！」

「本当に悪かった！」

揃って頭を下げた私たちに、波瑠は唇を尖らせて拗《す》ねてみせた。

「……それにしても、ふたりは本当に仲良しだよね」

――そうか、そんなふうに焼きもちを妬けるようになったんだね。

こういうのを『雨降って地固まる』と言うのだろうか。私と悠生の浮気を疑って救急外来で泣きだしたという妹は、自分の気持ちを正直にぶつけられる子になっていた。

私が知らない三ヶ月弱のあいだで、悠生とふたり、しっかり絆《きずな》を深めてきたのだろう。

「波瑠が妬いてくれた！　ずっと俺の片想いだと思っていたから嬉しいよ。もちろん俺は波瑠一筋だ！」

そして悠生、あなたはキャラが変わりすぎ！

その後、もう二度と会えないかもしれないと思っていた父と再会して。父の本音を聞いて私の本音も伝えて。

悠生とふたりで救急外来を訪れて頭を下げて。

「──もうこれで、日本でやり残したことはないかなぁ」

特別個室に向かって廊下を歩きながら呟くと、「どうしてだよ、俺たちのマンションに遊びに来ればいいじゃないか」と悠生が怪訝な顔をする。

「うん、だけどビザの発給手続きは済んだし、シンガポールにダーリンが待ってるし。それに波瑠は悠生のものになっちゃったしさ」

「ハハッ、たしかに波瑠は俺のものだけど」

「おっ、言うようになったね～、この前まで波瑠を呼び捨てもできなかったヘタレのくせに」

「そこは成長したと言ってくれ」

私はぴたりと立ち止まり、手にしていた買い物袋を悠生に押し付ける。

「ちょっとこれ持って」

「え？　ああ」

「私、もう帰るね」

「えっ？　だったらせめて、波瑠に顔を見せてから行けよ」

「だけど波瑠とは十分話せたし、もう心配ないし……うん、このまま帰るよ」

悠生は軽く肩をすくめてから、「それじゃあ」と右手を差し出した。

「うん、それじゃあ」と私がその手を握り返す。

「また日本に来いよ。来年の二月だ」

「うん、二月」

なんだか鼻の奥がツンとしてきたので、私はくるんとうしろを向いて、玄関に向かって足を進めた。右手をブンブン大きく振って、「波瑠によろしく〜！」と大声をあげた。

涙声なのがバレていないといいな……と思う。だって私は波瑠の前ではいつでもカッコよくてイケてる姉でいたいのだ。

「悠生、波瑠に私が泣いてたとか言ったらぶっ飛ばすからね！」

──そして波瑠、悠生と幸せにね。

私のあとにくっついていたあの子はもういない。これからは愛する夫とふたり、怒ったり笑ったりしながら自分の居場所を作っていくのだろう。

「そして来年には、きっと、三人だ」

建物から出たところで波瑠がいる病室を振り仰ぐ。私の親友の隣で幼い赤ちゃんを抱いている妹の姿を思い浮かべつつ、ゆっくりと病院をあとにした。

Fin

ファンレターのあて先

〒104-0031
東京都中央区京橋1-3-1
八重洲口大栄ビル7F
スターツ出版株式会社　書籍編集部　気付

本書へのご意見をお聞かせください

お買い上げいただき、ありがとうございます。
今後の編集の参考にさせていただきますので、
アンケートにお答えいただければ幸いです。

下記URLまたはQRコードから
アンケートページへお入りください。
https://www.berrys-cafe.jp/static/etc/bb

スパダリ職業男子～消防士・ドクター編～
【ベリーズ文庫溺愛アンソロジー】

2024年2月10日　初版第1刷発行

著　者　伊月ジュイ　©Jui Izuki 2024
　　　　田沢みん　©Min Tazawa 2024

発行人　菊地修一

デザイン　hive & co.,ltd.

校　正　株式会社文字工房燦光

発行所　スターツ出版株式会社
〒104-0031
東京都中央区京橋1-3-1　八重洲口大栄ビル7F
TEL　03-6202-0386（出版マーケティンググループ）
TEL　050-5538-5679（書店様向けご注文専用ダイヤル）
URL　https://starts-pub.jp/

印刷所　大日本印刷株式会社

Printed in Japan

乱丁・落丁などの不良品はお取替えいたします。
上記出版マーケティンググループまでお問い合わせください。
定価はカバーに記載されています。

ISBN 978-4-8137-1540-5　C0193

ベリーズ文庫 2024年2月発売

『内緒でママになったのに、一途な脳外科医に愛し包まれました』 若菜《わかな》モモ・著

幼い頃に両親を亡くした芹那は、以前お世話になった海外で活躍する脳外科医・蒼とアメリカで運命の再会。急速に惹かれあうふたりは一夜を共にし、蒼の帰国後に結婚しようと誓う。芹那の帰国直後、妊娠が発覚するが…。あることをきっかけに身を隠した芹那を探し出した蒼の溺愛は蕩けるほど甘くて…。

ISBN 978-4-8137-1539-9／定価759円（本体690円＋税10%）

『スパダリ職業男子～消防士・ドクター編～【ベリーズ文庫溺愛アンソロジー】』 伊月《いづき》ジュイ、田沢《たざわ》みん・著

2ヶ月連続！　人気作家がお届けする、ハイスペ職業男子に愛し守られる溺甘アンソロジー！　第2弾は「伊月ジュイ×エリート消防士の極上愛」、「田沢みん×冷徹外科医との契約結婚」の2作品を収録。個性豊かな職業男子たちが繰り広げる、溺愛たっぷりの甘々ストーリーは必見！

ISBN 978-4-8137-1540-5／定価770円（本体700円＋税10%）

『両片想い政略結婚～執着愛を秘めた御曹司は初恋令嬢を手放さない～』 きたみ まゆ・著

名家の令嬢である彩菜は、密かに片想いしていた大企業の御曹司・翔真と半年前に政略結婚した。しかし彼が抱いてくれるのは月に一度、子作りのためだけ。愛されない関係がつらくなり離婚を切り出すと…。「君以外、好きになるわけないだろ」――最高潮に昂ぶった彼の独占欲で、とろとろになるまで愛されて…!?

ISBN 978-4-8137-1541-2／定価748円（本体680円＋税10%）

『冷血警視正は孤独な令嬢を溺愛で娶り満たす』 一ノ瀬千景《いちのせちかげ》・著

大物政治家の隠し子・蛍はある組織に命を狙われていた。蛍の身の安全をより強固なものにするため、警視正の左京と偽装結婚することに！　孤独な過去から愛を信じないふたりだったが――「全部俺のものにしたい」愛のない関係のはずが左京の蕩けるほど甘い溺愛に蛍の冷えきった心もやがて溶かされて…。

ISBN 978-4-8137-1542-9／定価759円（本体690円＋税10%）

『孤高のエリート社長は契約花嫁への愛が溢れて止まらない』 橘樹 杏《たちばなあんず》・著

リストラにあったひかりが仕事を求めて面接に行くと、そこには敏腕社長・壱弥の姿が。とある理由から契約結婚を提案してきた彼は冷徹で強引！　断るつもりが家族を養うことのできる条件を出され結婚を決意したひかり。愛なき夫婦のはずなのに、次第に独占欲を露わにする彼に容赦なく溺愛を刻まれていき…!?

ISBN 978-4-8137-1543-6／定価737円（本体670円＋税10%）

ベリーズ文庫 2024年3月発売予定

Now Printing

『幼なじみの渇愛に堕ちていく【ドクターヘリシリーズ】』 佐倉《サクラ》伊織《イオリ》・著

密かに想い続けていた幼なじみの海里と偶然再会した京香。フライトドクターになっていた海里は、ストーカーに悩む京香に偽装結婚を提案し、なかば強引に囲い込む。訳あって距離を置いていたのに、彼の甘い言葉と触れ合いに陥落寸前!「お前は一生俺のものだ」――止めどない溺愛で心も体も溶かされて…。

ISBN 978-4-8137-1552-8／予価660円（本体600円＋税10%）

Now Printing

『タイトル未定(海上自衛官×政略結婚)』 にしのムラサキ・著

継母や妹に虐げられ生きてきた海雪は、ある日見合いが決まったと告げられる。相手であるエリート海上自衛官・柊梧は海雪の存在を認めてくれ、政略妻だとしても彼を支えていこうと決意。生涯愛されるわけないと思っていたのに、「君だけが俺の唯一だ」と柊吾の秘めた激愛がとうとう限界突破して…!?

ISBN 978-4-8137-1553-5／予価748円（本体680円＋税10%）

Now Printing

『敏腕パイロットは契約花嫁を甘美な結婚生活にいざなう』 宝月《ほうづき》なごみ・著

空港で働く紗弓は元彼に浮気されて恋はお休み中。ある日、ストーカー化した元彼に襲われかけたところ、天才パイロットと有名な嵐に助けられる。しかも元彼から守るために契約結婚をしようと提案されて…!?　「守りたいんだ、きみのこと」――ひょんなことから始まった結婚生活は想像以上に甘すぎで…。

ISBN 978-4-8137-1554-2／予価748円（本体680円＋税10%）

Now Printing

『一夜の恋のはずが、CEOの最愛妻になりました』 吉澤《よしざわ》紗矢《さや》・著

OLの咲良はバーでCEOの颯斗と出会い一夜をともに。思い出にしようと思っていたらある日颯斗と再会！　ある理由から職探しをしていた咲良は、彼から秘書兼契約妻にならないかと提案されて!?　愛なき結婚のはずが、独占欲を露わにしてくる颯人。彼からの甘美な溺愛に、咲良は身も心も絆されて…。

ISBN 978-4-8137-1555-9／予価748円（本体680円＋税10%）

Now Printing

『再愛～一途な極上ドクターは契約妻を愛したい～』 和泉《イズミ》あや・著

経営不振だった勤め先から突然解雇された菜子。友人の紹介で高級マンションのコンシェルジュとして働くことに。すると、マンションの住人である脳外科医・真城から1年間の契約結婚を依頼されて…!?　じつは以前、別の場所で出会っていたふたり。甘い新婚生活で、彼の一途な深い愛を思い知らされて…。

ISBN 978-4-8137-1556-6／予価660円（本体600円＋税10%）

タイトル、価格等は変更になることがございますのでご了承ください。